無茶の勘兵衛日月録11

浅黄 斑

時代小説

二見時代小説文庫

月下の蛇——無茶の勘兵衛日月録11

目次

『月下の蛇――無茶の勘兵衛日月録11』の主な登場人物

落合《おちあい》勘兵衛《かんべえ》……越前大野藩江戸詰の御耳役。山路亥之助を討てとの密命で参府したが、江戸留守居役の松田与左衛門にかわいがられ、機密の任務につく。

落合《おちあい》藤次郎《とうじろう》……勘兵衛の弟。大和郡山藩本藩の目付見習い。日高信義の部下。

新高《にいたか》八次郎《はちじろう》……勘兵衛の若党。新高八郎太の弟。

日高《ひだか》信義《のぶよし》……大和郡山藩本藩の主席家老・都築惣左衛門の側用人。落合藤次郎の上司。

松田《まつだ》与左衛門《よざえもん》……越前大野藩の江戸留守居役。落合勘兵衛の上司。

大岡《おおおか》忠勝《ただかつ》……幕府の大目付。水面下で幕府大老・酒井の横暴に敵対。勘兵衛の理解者。

しのぶ……塗箸問屋「若狭屋」の嫁。越前大野藩の若殿に嫁した仙姫の実の姉。

本多《ほんだ》政長《まさなが》……大和郡山藩本藩の藩主。

本多《ほんだ》政利《まさとし》……大和郡山藩分藩の藩主。永年、本藩の政長暗殺を狙っている。

深津《ふかつ》内蔵助《くらのすけ》……大和郡山藩分藩の江戸家老。藩主の命を受けて政長暗殺の指揮をとる。

山路《やまじ》亥之助《いのすけ》……越前大野藩を出奔。流転の末、深津内蔵助に拾われ熊鷲三太夫と変名。

条吉《じょうきち》……九頭竜川の船頭のとき、瀕死の亥之助を救い、江戸へ。亥之助の手下。

酒井《さかい》忠清《ただきよ》……幕府の大老。越前大野藩、大和郡山藩本藩への謀略の後ろ盾。

瓜《うり》の仁助《にすけ》……本庄界隈で稼ぐ香具師を束ねる。本庄を縄張りの岡っ引きとなって一年。

越前松平家関連図（延宝５年：1676年５月時点）

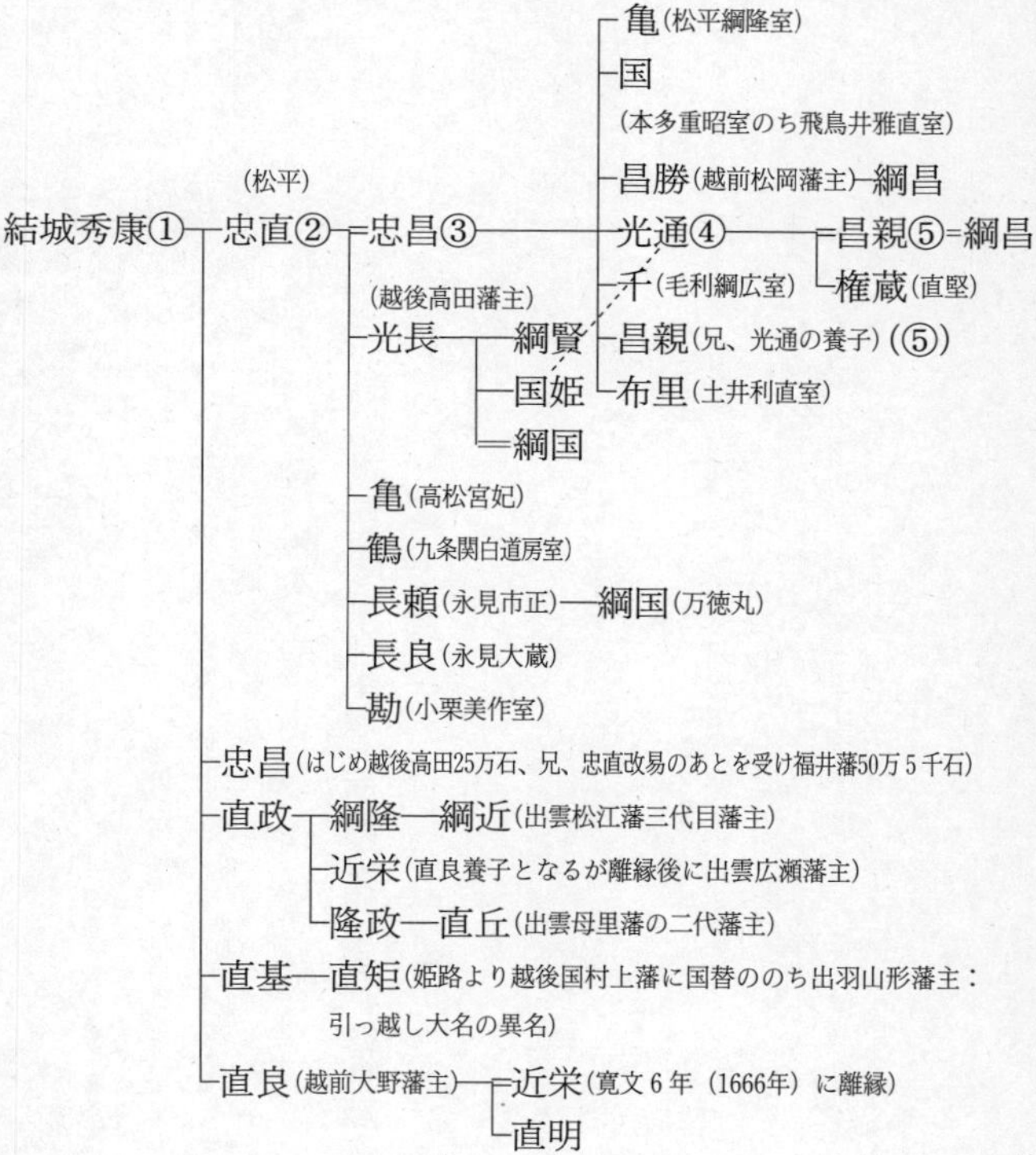

註：＝は養子関係。○数字は越前福井藩主の順を、------は夫婦関係を示す。

謀略の渦

1

　夕刻になって、時鳥《ほととぎす》の声がした。

　春の残映を引きずりながら、季節はいよいよ初夏へと歩みを進めている。

　落合勘兵衛《おちあいかんべえ》は浅草猿屋町にある町宿《ちょうしゅく》の、裏庭に面する一室にいた。

　そろそろ頼りなくなってきた斜脚《しゃきゃく》（斜めに入る日光）で、山鹿素行《やまがそこう》著述の『武家事紀《じき》』を読んでいる。

　そんな折、表で訪《おとな》いの声がした。

　野太い男の声であった。

（聞き覚えのない声だが……）

勘兵衛は書籍から目を上げ、五坪足らずの裏庭に目をやった。

奥の枝折垣《しおりがき》の先は鳥越川《とりごえ》で、かすかに川音が届いてくる。

やがて廊下に足音がした。

「年輩のお武家で、向井《むかい》さまと名乗られておりますが……」

若党の新高八次郎《にいたかはちじろう》が来客を取り次いできたのに、

「はて、向井さま？」

誰であろう、と一瞬思った勘兵衛だが、

「お！」

思わず立ち上がった。

「どなたです？」

「ほれ、一昨日におまえに使いを頼んだ大岡《おおおか》さまのところの側用人《そばようにん》だ」

「え、大目付さまの……」

八次郎の目が丸くなった。

大目付といえば、数ある旗本衆のうちでも最高位の格式にあたる。

（いや、俺としたことが……）

越前大野《えちぜんおおの》藩江戸留守居役の元で耳役《みみやく》を務める勘兵衛が、越後高田《えちごたかだ》藩との確執が生じたとき、千鳥ヶ淵から近い大岡忠四郎忠勝《ただしろうただかつ》の屋敷を初めて訪れたのは、二年も前である。

その際に、向井作之進《さくのしん》という側用人と顔を合わせていた。

それきりであったから、名を聞いて、すぐに気づかなかったのも無理はなかった。

だが――。

その大目付の大岡に、

〈厚かましきことは重重に承知ながら、内内にて、お頼みしたきことがございます。お手すきの日時をご指定くだされば、参向いたしたく、不躾《ぶしつけ》ながら、伏してお願いを申し上げます〉

というような文面の書状を、八次郎に届けさせたのが、つい数日前のことであった。

それを一瞬にしろ、誰であったか、などと考えた自分の迂闊《うかつ》さに、勘兵衛は自嘲を覚えたのである。

さっそくに玄関へ向かい、

「これは向井さま、このようなむさいところへ、わざわざ出向いていただいて恐縮です。ま、どうぞお上がりくださいませ」

「いや、いや……。殿の下城の途中に足を伸ばしたまでのこと。なに、上がるまでもない。先日の、そなたの文《ふみ》への返事を申しつかっての」

「いや、草卒《そうそつ》にも、おこがましい振る舞いをいたしまして、申し訳もございませぬ」

「なんの。殿には、つもる話もあるゆえに、と、たいそうお喜びじゃ」

勘兵衛の父と同年配の向井が、いかつい顔に微笑を浮かべた。

「はあ……」

つもる話、とはなにをさすのか。

「で、伝言じゃが、明後日の七ツ（午後四時）ごろではいかがかと仰《おお》せでな」

「は、承《うけたまわ》ってございます」

「うん、場所はな。飯田町《いいだまち》九段長屋に［若狭屋《わかさ》］という塗箸《ぬりばし》問屋がある。そこにて会おうとのことじゃ」

「飯田町九段長屋の……塗箸問屋で［若狭屋］でございますか」

はて、奇妙な、と思う勘兵衛に、向井はもう一度笑いかけ、

「［若狭屋］では、ご隠居に会いにきた、と言われよ。それにて通じる」

「ははあ、ご隠居、ですか」

ますます、わけがわからない。

「さよう、殿は微行《しのび》でまいるそうな。落合どのも、普段着でこられよ、とのことじ

ゃ」

「承知いたしました」

「うむ。たしかに伝えたぞ。では、これにて失礼する」

ほんとうに、玄関先の立ち話で向井は帰っていった。

（塗箸問屋の隠居……？）

しばし訝《いぶか》ったのちに、勘兵衛は思わず笑みを漏らした。

勘兵衛は、その大岡にこれまで二度、会っている。

最初が二年前で、二度目は昨年の十一月であった。

大目付の大岡忠勝は六十も半ば、面高《おもだか》ではあったが、表情にも立ち居振る舞いにも、たいそう威厳のある人物、というのが勘兵衛の内にある印象であったのだが——。

（あの大岡さま、見かけによらず稚気《ちき》のあられるような）

実のところ勘兵衛、戯《ざ》れ心豊かなひとを大いに好むところがあった。

（そうか。塗箸問屋のご隠居なあ）

なにゆえ、そんな発想になったかまではわからないけれど、単に稚気だけではないことは、勘兵衛にはわかっている。

要は勘兵衛との接触を、密《ひそ》か事としたいのだ。

というのも――。

延宝《えんぽう》四年（一六七六）のこの時期、幕府で権勢をふるうのは、下馬《げば》将軍とも異名される大老の酒井忠清《さかいただきよ》であった。

時代は、徳川家康《とくがわいえやす》が征夷大将軍となってから、まだ七十年と少し――。

徳川幕府は、自らの地歩を固めて支配体制を強化するため、のちのちに問題を残しそうな大名の瑕疵《かし》をとらえて、次つぎと廃絶させていった。

特に先代将軍であった家光《いえみつ》のときに、それは著しかった。

肥後熊本の加藤《かとう》家五十二万石、奥州若松の加藤家四十万石などのみならず、将軍実弟である駿河大納言忠長《ただなが》の五十五万石をも没収して、自害に追いやってもいる。

将軍が四代家綱《いえつな》の時代になっても、まだ幕閣には、そんな気風が大きく残っていた。

おまけに、酒井忠清は無類の謀略好きであった。

その謀略好きが、最初に顕著になったのが、いわゆる伊達《だて》騒動である。

この騒動については諸説があるが、騒動の序曲として〈綱宗《つなむね》隠居事件〉というのがある。

これより十六年前、そのころ老中職は、着任順に阿部忠秋《あべただあき》、酒井忠清、稲葉正則《いなばまさのり》の三人体制であった。

この三人の合議によって、天下のことが決せられる。

仙台藩では、二代伊達忠宗《ただむね》の死去により六十二万石の太守の座についたのが、六男で十九歳の綱宗であった。

ところが綱宗は、わずかに二年で隠居に追い込まれてしまった。

ここにつまびらかには述べないが、その裏に、伊達家乗っ取りをもくろむ綱宗の叔父である伊達兵部《ひょうぶ》と、酒井忠清の謀略があったと言われている。

その伊達兵部の嫡子には、忠清が自分の正室の妹をわざわざ養女にしたうえで、嫁がせて閨閥《けいばつ》を結んでいたのだ。

伊達家は外様ながら、加賀百万石、薩摩七十万石に次ぐ雄藩であったから、忠清の意図としては、これを分割させたいとの狙いがあったようだ。

だが、将軍側用人で、のちに老中となる久世大和守広之《くぜやまとのかみひろゆき》が、伊達藩江戸家老を屋敷に呼んで、忠清の謀略を伝えたため、すんでのところで伊達家分割の奸策は瓦解した。

わずかに二歳の、綱村の嫡男である亀千代《かめちよ》が伊達家を襲封することになったのである。

しかし、酒井忠清も伊達兵部も、そんなことではあきらめない。

今度は亀千代の大叔父にあたる伊達兵部を後見役として、いよいよ騒動の種子は、複雑怪奇な泥沼に芽吹いていくのである。

大老の屋敷で、兵部派の原田甲斐《はらだかい》が、反兵部派の伊達安芸《あき》を斬殺する刃傷《にんじょう》事件が起きたのは、わずかに五年前のことだ。

大和郡山《やまとこおりやま》の御家騒動にも、また酒井忠清が絡んでいる。

勘兵衛は、ひょんなことから、その内紛に巻き込まれたものだが、それが縁で、弟の藤次郎《とうじろう》が大和郡山藩に仕官した。

それはさておき、今や酒井大老の権力たるや絶大なものがあって、大名、幕閣また旗本を問わず、大老を味方につけるか、それとも目の敵《かたき》にされるか、では天と地ほどの開きがある。

しかしながら、反骨の士もなくはない。

大老の専横を喜ばない者たちである。

といって、正面から立ち向かえば、たちまちのうちに叩きつぶされる。

それで、ひそかに、あくまで秘めやかに機が熟すのを待っている。

その面面とは、老中の稲葉美濃守《みののかみ》正則、そして若年寄の堀田備中守正俊《ほったびっちゅうのかみまさとし》、さらには大目付の大岡佐渡守《さどのかみ》忠勝……などなど。

かれらは秘密裏に連繫し、表立つことなく酒井大老の不正や無理無体の証拠を集めていた。

一方で越前大野藩も、予想だにしなかった巡り合わせによって、酒井大老の謀略の的《まと》になってしまった。

いかに、その謀略から逃れるか。

それが勘兵衛の、このところ最大の任務となっている。

つまりは大目付の大岡が、勘兵衛との会談を暗事《くらごと》にしようというのは、そこらの事情が絡んでいるように思えた。

2

（つもる話か……）

向井の伝言を胸にのぼらせて、勘兵衛は少し困惑の感を抱いている。

実のところ、勘兵衛が大岡に面会を求めたのは、酒井大老とは、まるで関係のない事情があったからだ。

玄関先から居室に戻ると、若党の八次郎が興味津津《しんしん》の顔つきで待っていた。

機先を制して勘兵衛は言った。

「八次郎、おまえ、九段長屋というのを知っているか」

江戸で生まれ育った八次郎は、江戸の地理に明るい。

「は……。九段長屋……。あの、飯田町のですか」

実は勘兵衛、故郷の越前大野から江戸に出てきて、二年半しかたっていない。

それゆえ、まだまだ江戸の町を知り尽くしているとは言いがたかった。

飯田町、という名を聞いたことがあるが、九段長屋がどういうところか、となると、もうわからない。

「江戸城の北の端のほうに、飯田坂というところがございましてね」

「飯田坂……。うむ、聞いたことのあるような……」

「これが、もう、商人泣かせの急な坂で、あまりに急なので、牛馬の通行も禁じられているところでございますよ。それで、坂の両脇に連なる町家《まちゃ》が、段段に九層に分かれて建てられているゆえ、九段長屋と呼ばれておるのです」

「なるほどのう」

「ところで九段長屋とは、いったいどういうことでございましょう。まさか、そんなところで大目付さまと……」

やはり八次郎は、そう尋ねてきた。

実は先月のこと、勘兵衛は赤児を拾った。

それが元で、旗本がらみの事件に関わっている。

そのことを相談したくて、勘兵衛が大目付である大岡佐渡守に文を書き、それを八次郎が届けたのだから、これはごまかしようがない。

勘兵衛にすれば、千鳥ヶ淵に近い大岡の屋敷まで出向くつもりだったのが、大岡のほうでは、秘密裏に会おうというのだ。

それも指定された［若狭屋］に、大岡は微行《しのび》でやってくるという。

これは、よもやの展開であった。

仕方なく勘兵衛は、

「まあな」

と答えたあと、急いでつけ加えた。

「ただし、このこと、決して口外はならぬぞ」

「ははあ、秘事ですな」

「そう。秘事だ」

御耳役という特殊な仕事柄、勘兵衛は多くの秘事に関わっている。

それで若党の八次郎にも、話せないことがあまたあった。

決して信用していないというわけではないのだが、八次郎が勘兵衛の若党になったときに、まだ十六歳という年若だったのを危ぶんだのである。

そのことで八次郎は、最初のうちこそ、ずいぶんと拗《す》ねたり、悔しい思いもしたようであった。

それで近ごろは、ある程度のところまでは話して聞かせ、それ以上に話せないことには、はっきり〈秘事〉と告げるようにしている。

それで八次郎も、ずいぶんと馴れて、聞きわけがよくなった。

「ということは、供はかないませんね」

「うん。大岡さまも微行でこられるそうだ。俺にも、普段着でこられたいとのことだからな」

「そうですか……」

八次郎は少し首を傾《かし》げたのち、

「で、いつお会いなさるので？」

「明後日だ」

「ははあ……」

　またも首を傾げたあと、

「飯田坂を上りきったあたりが、江戸城の田安御門《たやすごもん》でございますよ。田安台といって、それは見晴らしのよいところで……」

「なるほど……」

「飯田川を俎《まないた》橋で渡ると、その先から飯田坂がはじまるのですが……」

「おう、そうか」

　勘兵衛は相槌を打ったが、飯田川というのも、俎橋というのも、まるで馴染みはない。

「ここからですと、道順が、まことに複雑でございます。下手をすると、とんだ大回りになってしまいますが……」

「わかった、わかった」

　ついに、勘兵衛は根負けした。

「では、供というわけにはいかぬが、俎橋あたりまで案内を頼もうか」

　すると八次郎は、にっこり笑って、

「はい」

　すこぶる元気な声を出し、

「あ、ずいぶんと暗くなってまいりましたな。行燈《あんどん》に火を入れましょう」

いそいそと立ち上がった。

3

夕食のあと、八次郎が言った。

「旦那さま。少し尋ね事をしてよろしゅうございましょうか」

「ふむ。なんだ」

「はい。ええと……、これも秘事なら、お教えくださらなくともかまわないのですが……」

遠慮しぃしぃ言うのに、勘兵衛は笑った。

「まあ、言ってみろ」

「はい。旦那さまは、大目付の大岡さまとは、どのような……。やはり、松田《まつだ》さまのご指示でしょうか」

(ははん……)

松田というのは、勘兵衛の上司である江戸留守居役、松田与左衛門《よざえもん》のことである。

つい四日前だが、八次郎の兄で、松田の若党を務めている新高八郎太《はちろうた》がやってきて、

――松田さまが今宵、例の茶漬け屋で、初鰹を食おうと申しておられます。

との伝言を持ってきた。

そのとき、初鰹と聞いた八次郎が舌なめずりしそうな顔になったのを、

――気の毒だが、おまえを連れていくわけにはいかんぞ。

秘事である、と機先を制しておいた。

その茶漬け屋は、［かりがね］といって、芝の神明宮門前近くの目立たないところにある。

おこうという松田の妾が営むところで、このことを知っているのは、松田の用人である新高陣八《じんぱち》と勘兵衛以外は、忍び目付の服部源次《はっとりげんじ》右衛門《えもん》だけで、しばしば密談に使われる場所であったからだ。

八次郎を、千鳥ヶ淵近くの大岡の屋敷まで使いに出したのが、その翌日だったから、どうやら八次郎は、それが松田の指示によるものであった、と考えたらしい。

「いや、松田さまのご指示ではない。大岡さまとは、以前に知己《ちき》を得ておってな。お会いするのは今度が三度目になる」

「え、さようで……、いったい、いつのことでございましょうな。わたしには、とん

と覚えがございませぬが……」

ややゝ、不服そうな顔になった。

なにしろ、この八次郎、勘兵衛のことなら、なんでもすべて知っておきたい、と思っているようだ。

二年前だが、勘兵衛は嵯峨野典膳《さがのてんぜん》という剣客と闘い負傷して、しばらく旅に出るとだけを知らせて、十日近く町宿に戻らなかったことがある。

さらには、負傷を八次郎に知られまいと、町宿に戻ったあとも、しばらく供を許さなかった。

思えば、あのころが、八次郎にはもっともつらい日日であったろう。

すべてを話すわけにはいかないが、八次郎も十八になったし、ある程度のことは話してやってもよい、と勘兵衛は思った。

「二年前の秋ごろのことだが、愛宕下《あたごした》の上屋敷が、曲者《くせもの》たちに見張られていたのは知っておるか」

「二年前の……。はい、はい、のちに父上から聞かされました。権蔵《ごんぞう》さまの命を狙う越後高田からの暗殺団だったそうで」

「うむ。それを知っているなら話は早い」

「いえいえ、それが、もうひとつわたしには解《げ》せません。権蔵さまが、なぜ越後高田藩から狙われたのか。父にも尋ねましたが、おまえが知らんでもよいことだと言われてしまいまして」

「そうなのか。権蔵さま……今は松平直堅《まつだいらなおかた》さまだが、越前福井の前藩主であった、松平光通《みつみち》さまの隠し子であったのは知っていような」

「はい。それくらいは。しかし、権蔵さまが、なにゆえに我が江戸上屋敷に匿《かくま》われていたのか、となると、もうひとつ……」

「なるほどな……」

それは、そうであろう。

あの当時、光通の隠し子である権蔵が、越前大野藩の江戸屋敷にいることなど、まさに極秘中の極秘であったからだ。

「今なら言えるが、事情は、こうだ。権蔵さまの父君である松平光通さまの元にお輿入れしてきたのが、越後高田の姫君なのだ」

「ははあ……」

「国姫《くにひめ》さまといわれてな。父君の松平光長《みつなが》さまは、光通さまの従兄《じゅうけい》で、我が主君にとっては甥御さまにあたられる」

さらには国姫の祖母というのが［高田殿《たかだどの》］といって、これが二代将軍である徳川秀《ひで》忠《ただ》の娘であったから、気位も高ければ権柄ずくなところがあった、と勘兵衛は説明を続けた。

「で、国姫さまとの縁談のとき、光通さまは、まさか側室や、子供などはおらぬであろうなと釘を刺されて、もちろん、そのような者はおりませぬ、と答えたそうな」

「え……そのとき、権蔵さまは？」

「すでに生まれておった。そのときから、権蔵さまは家老に預けられて、隠し子として生きることを強《し》いられたのだ。というより、光長さまも［高田殿］も、光通さまに男児があることを百も承知で、脅したようなものだからな」

「ふうむ……」

「つまりは、国姫さまが産むであろう男児を必ずや嫡子にせよ、ということだな。それゆえ、さらに念を押して、光通さまに、自分には他の女に産ませた男児などはなく、福井藩の跡継ぎは、国姫さまが産んだ男児にかぎる、という起請文《きしょうもん》まで書かせ、これを幕府に提出させたそうな」

「なんと……！」

八次郎は驚いた声を出し、

「それにしても、光通さま……。少しばかり気弱ではありませぬか。なにも、そこまでの無理強いに乗らなくとも……」

「うむ。たしかに……。しかしながら、松平光長さまは、越前松平家の宗家《そうけ》であらせられる。そこから姫を娶ろうというのだ。少少の無理を通されても、従わないわけにはいかなかったのであろう」

「え、福井藩のほうが本家では、なかったのですか」

「おい、おい」

思わず、勘兵衛は苦笑した。

（そうか……）

八次郎の父は、新高陣八といって松田の用人を務めている。

つまり臣下の臣で、又家来《またげらい》にあたる。

その次男である八次郎が、越前松平家の推移《いくたて》というものを、知らなかったとしても不思議はない。

（こりゃ、ついでのことに……）

そのあたりから、教えておかねばならぬな、と勘兵衛は思った。

「よいか、八次郎」

越前松平家の祖は、結城秀康《ゆうきひでやす》という。

秀康は、徳川家康の次男として生まれたが、十一歳のときに豊臣秀吉《とよとみひでよし》の養子（実際には人質）として出されたのち、結城晴朝《はるとも》の養女と婚姻して結城秀康と名乗った。

そして家康が天下を取り、二代将軍に三男である秀忠を選んだとき、秀康に与えられたのが、越前北ノ荘《きたのしょう》、六十八万石の所領であった。

「この北ノ荘が、今の福井藩だ」

「は。それくらいは、聞いております。ところが二代目の忠直《ただなお》さまが、罪を得られて豊後《ぶんご》に流されたのでございましょう」

「なんだ知っておったか、では、三代目は？」

「ええと……」

八次郎は空《くう》を睨み、しばらくして答えた。

「そうそう、忠昌《ただまさ》さまでございましたな、その御嫡男が四代目の光通さま……」

「ふむ。それにまちがいはないが、忠昌さまは忠直さまの御嫡男ではないぞ」

「え……」

「なるほど、そのあたりをまちがえたな。三代目の忠昌さまは忠直さまの弟君で、忠直さまの御嫡男は越後高田の光長さまだ」

「あ、そうなので……」

「そうだ。忠昌さまは、元もと越後高田二十五万石だったのが、兄の忠直さまが流罪となられたため、幕府の裁定で福井に移られたのだ。そして入れ替わりに、正嫡の光長さまが越後高田の領主となられたという事情がある。それゆえ、越前松平家の本家が福井藩であることにちがいはないが、宗家となると、これは光長さまということになる。家格としては徳川御三家に次ぐ四家にあたり、それゆえ幕閣にも影響力をお持ちだ。ついでながら、我が直良《なおよし》さまは忠直さま、忠昌さまなどのご兄弟の内で、末弟にあたられる」

「ははあ、ややこしゅうございますな。なるほど、そういうことでございますか」

「今後のこともあるし、我が役目のこともある。おまえも、もう少し越前松平家について、勉強しておくことだな」

「は。承知いたしました」

八次郎は、殊勝な顔つきになった。

4

「話を戻して、光通さまの婚姻のことだ」

「あ、はい」

「ま、嫡流の誇りや、従兄と従弟ということもあろうが、光長さまにせよ、［高田殿］にせよ、光通さまに対して、あまりに横暴がすぎたというべきだろうな。その横暴が、次の悲劇へと重なったのだ」

「悲劇……」

「うむ。圧力は光通さまだけにとどまらず、国姫さまもまた、よほどの重圧であったであろうよ」

「そりゃ、そうですよね。父親や祖母が嫁ぐ夫に、そのような誓約書まで書かせたとなると、妻としては、さぞ居心地が悪かったでしょうね」

「身も細る思いであったろうな。それで、無事に男児が生まれればよかったのであろうが……」

「できませんでしたか」

「ああ、女児を二人産んだが、ついに男児には恵まれなかった。それで重圧に耐えかねたか、国姫さまは自害して果てた」

「ありゃあ」

「それで光長さまは、大いに怒っての。愛娘《まなむすめ》が自害したのは、権蔵さまのせいだと決めつけたというのだ」

「逆恨みもいいところですね」

「そうだなあ。よほど頭に血が昇ったせいで、冷静な判断ができなかったのだろう。国姫さま不幸の、元凶《げんきょう》は権蔵なり。そのような奴に福井藩を継がせてなるものか、と憎しみばかりがつのり、ついには、権蔵に対して刺客《しかく》が放たれた、などという噂が飛び交ったようだ。それが権蔵さまの耳にも入り、父の光通さまも守ってくれそうにはない。それで、これはたいへんとばかり権蔵さまは福井を逐電《ちくでん》し、大叔父である我が殿を頼って愛宕下まで逃げてきたのだ」

「ははあ、そのような事情が、ございましたのか」

「うむ。我が殿は、自分を頼ってきた権蔵さまをしばらく匿《かくま》い、折を見て光通さまと権蔵さまの父子の間を取り持とうと考えておられた。ところが、肝心の光通さまは、権蔵さまの行方は知れぬは、いつどこで、自分の子だと名乗り出るやもしれぬ。そんなことになれば、幕府に提出した起請文のこともあり、自分の面目が丸つぶれになると切羽詰まった。それで短慮にも、後継者には弟君である昌親《まさちか》さまを、と遺書をしためて、自害して果てたのだ」

「なんと、まあ。ご逝去のことは聞き及んでいましたが、まさか自害とまでは知りませんでした」

「ま、あまり誉められたことではないからな。公儀も福井も、それについては口を閉ざしておるところだ。ところが、父御の死を知った権蔵さまが、あろうことか、故郷福井の主だった者たちに、我こそが正しき後継者なり、と密書を送りつけたものだから、話は、ますますややこしいことになった」

「はあ、はあ。そのあたりからは承知しております。比企藤四郎《ひきとうしろう》さまはじめ、権蔵さまこそが正嫡と信じた者たちが、続ぞくと脱藩して江戸に馳せ参じてまいりましたな」

「うん。あれには弱った。そこで権蔵さまほかを、ひそかに押上《おしあげ》村に移したのだ。あのときはおまえにも、よく働いてもらったな」

「いえ。ご指示どおりに、ただただ動いただけで、裏に、そのような複雑な事情があったなどとは、露知りませんでした。ははあ……。そうか。それで権蔵さまの行方を知った越後高田藩が、愛宕下の屋敷を見張りはじめた、というわけでございますか」

「そういうことだ。そのころすでに、権蔵さまは押上村に隠れ住み、愛宕下にはおらなかったのだがな」

「なるほど、なるほど。そういうことでございましたか」

これまでのことを思い浮かべてか、八次郎は、何度も何度もうなずいている。

ずいぶんと長い前置きになったな、と思いながらも勘兵衛は、なおも話を進めた。

「ところで八次郎、おまえ三杉堅太郎《みすぎけんたろう》という名を覚えておるか」

「はあ、三杉……。もちろん覚えておりますとも。やはり権蔵さまの元へと、福井から脱藩してまいった者でございましたな」

「うん、あのときも、おまえにはずいぶんと働いてもらったな。ところで、あの三杉……。たしかに福井からの脱藩者であったが、その実、越後高田に飼われた密偵であったのを知っておるか」

「えっ、まことでございますか」

八次郎の、ただでさえ丸い目が、まん丸になった。

「やはり、知らなかったか」

「はい初耳でございます」

「詳しい話は飛ばすが、三杉が越後高田藩の密偵という動かぬ証拠を押さえてな。その証拠を元に、大目付の大岡さまに後ろ盾になっていただいて、越後高田藩の江戸留守居役の本多監物《ほんだけんもつ》と、小栗《おぐり》家老の弟である小栗一学《いちがく》に強談判《こわだんぱん》をいたしてな。以後は、権蔵さまには手を出さぬとの約定《やくじょう》をとりつけた次第だ。大目付の大岡さまに会うたのは、そのときのことよ」

「ははあ、そういうことでございましたか。いや、わたしの知らぬところで、いろんなことが起こっておったのですなあ」

八次郎は感心したような声を出し、

「それにしても、越前松平家宗家の高田藩を相手に談合し、約定までさせるとは……。いやはや旦那さまは、やはりすごいお方です。改めて、八次郎、感服をいたしました」

どうやら、納得をしたらしい。

実のところ勘兵衛を大岡の元に連れていったのは、増上寺掃除番の菊池兵衛《きくちひようえ》であった。

菊池は、大目付直属の黒鍬者《くろくわもの》で、昨年には酒井大老と長崎奉行の岡野貞明《おかのさだあき》が組んでの抜け荷の調査に、長崎に飛んでいたのだが、そんなところまでは教えられない。

5

その翌日は朝から暗雲が垂れこめ、ときおりは雨も落ちる天候であった。

朝食ののち勘兵衛は筆を執り、故郷の父に手紙を書き、ついで親友の伊波利三《いなみとしぞう》と塩《しお》川七之丞《かわしちのじょう》にも短い手紙を書いた。

伊波は、若殿である松平直明《なおあきら》の付家老として、塩川七之丞も小姓組頭として、二人ともに芝・高輪《たかなわ》の下屋敷にいる。

同じ江戸に住まいながら、ここしばらくは顔を合わせていなかった。

塩川七之丞には、故郷に十八歳になる妹がいて、名を園枝《そのえ》という。

勘兵衛が、ずっと心に秘していた初恋の相手である。

その園枝に縁談が持ち上がっていると聞かされ、勘兵衛がうちひしがれた気分になったのは、昨年の秋のことであった。

ところが、その後に思わぬ展開があって、今、故郷では勘兵衛と園枝の縁談がまとまりつつあるのだ。

つい先日にも上司の松田から、

——あと十日もすれば、殿の国帰りじゃ。おまえ、一緒に戻ってはどうじゃ。園枝どのとな、うむ、仮祝言でも挙げてこぬか。

などと、嬉しくも気恥ずかしい勧めを受けたのだが、

(いや、今すぐというわけにはいくまい)

気持ちは、園枝の住む故郷に向けて飛び立ちたいのだが、勘兵衛は、それをぐっと抑え込んでいる。

なにより、先月に勘兵衛が捨て子を拾ったことで、奇妙な事件に関わってしまった。

(その決着がつくまでは……)

という思いがひとつ——。

(それに、まだ仮祝言というわけにもいくまい)

とも思っている。

事情があった。

(まだ、一周忌にもならぬからな……)

園枝の長兄である塩川重兵衛《じゅうべえ》が、脱藩者の山路亥之助《やまじいのすけ》と争って命を落としたのが、昨年の六月であった。

そして、その重兵衛に嫁いでいたのが、ほかでもない伊波利三の姉なのである。

そこらあたりも加味して考えた結果、勘兵衛は故郷の越前大野への里帰りを、この六月ごろ、と考えていた。

父へ、そして伊波や塩川へも、そんな心づもりを記した書状を、

「八次郎、おるか」

「はい」

「うむ。うっとうしい雲行きのところ、すまないが……」

父への手紙は上屋敷の大名飛脚に託し、あとは下屋敷の両名に届けてくれ、と使いに出した。

（さて……と）

大目付の大岡との約束は、あすに迫っている。

（つもる話……な）

大岡の側用人である向井が、昨日に漏らしたことばが勘兵衛には気になっている。

つもる話、とは、いったいなにを指しているのか。

（ここは、ひとつ、じっくりと考えておかねばならない）

今朝の起き抜けに、そんな思いにとらわれていた。

（大老らが、我が主家に対しての謀略のことを、大岡さまはご存じなのか……）

もし、それが話題にのぼったときには、どう受け答えするのが適切であろうか——。会わぬ前から、あれこれ胸に鑢《やすり》をかけるのは勘兵衛の性に合わぬが、ここは慎重に対処する必要があった。

先の越後高田藩との間に生まれた確執は、すでに片がついたかに思えたのだが、実のところ、かたちを変えて、まだ続いている。

というより、さらに複雑に深化していた。

その複雑さは説明に困るほどだが、まず背景として、我が越前大野藩というものが、将軍家御家門の筆頭に位置する越前松平家のなかにおいて、多少、浮いた状況にあることが挙げられる。

まず第一は、我が藩主である松平直良は嫡男に恵まれず、兄の出雲松江藩・直政《なおまさ》の次男であった松平近栄《ちかよし》を娘婿に迎えた。

それが、勘兵衛がこの世に生を受ける前年のことであった。

二十一年前である。

ところが、それから二ヶ月とたたぬうちに直良が男児を得た。

それで近栄は、いったんは相続者に選ばれかけていたのが、ずるずる十一年間も宙ぶらりんの状況におかれることになる。

それが元で、大野藩内では近栄派、若君派に二分して、長い暗闘が続いたのであった。

結局のところ、直明が壮健に十二歳まで育ち、ついに世継ぎと決したことで、近栄は出雲の実兄から所領を分与されて大野を去り、出雲広瀬藩を立藩して、事《こと》はおさまった。

かたちとしては、近栄が譲った格好での決着だったが、出雲松江の一統には、おもしろかろうはずはない。

表面には出ないものの、しこりは残った。

幕閣のほうでも、そのことで大野藩の評判は落ちた。

（だが、それは……）

そろそろ十年がたとうという、過去のことであった。

（十年一昔《ひとむかし》とも言う……）

いわば、親戚同士の軽いごたごたで、今もどこかに、わだかまりを残している、といった類《たぐい》のものにほかならない。

突然、ざーっと音が立った。

激しく雨が降りだした。

矢のように落ちてくる雨粒が、裏庭の八手《やつで》の葉にあたって、はじき返されている。

勘兵衛は、そんな光景を見つめながら、

（今度ばかりは、そのようにもいくまい……）

少し暗澹とした気分で、思っている。

6

発端は、福井藩の光通隠し子事件であった。

隠し子であった権蔵は、勘兵衛たちの努力が実って、晴れて四代将軍の家綱と謁見に漕ぎつけている。

それにより、権蔵は正式に越前松平家の一員と認められ、備中守《びっちゅうのかみ》に任じられて松平直堅《なおかた》を名乗ることになったが、そのことで大野藩は、福井藩と、越後高田藩との間にも深い溝を生じさせている。

かてて加えて、大野藩の若君である直明には愚行が重なっていた。

そんなところにも目をつけられて、新たな謀略が生まれていたのだ。

その謀略とは、酒井大老に越後高田藩、そして越前福井藩とが手を結んでの企みであった。

といって、ただただ大野藩憎しだけの仕掛けではない。

裏には、それぞれが抱える、内政の事情があったのだ。

まず越後高田藩では、二年前に松平光長の嫡子、綱賢《つなかた》が嗣子《しし》のないままに四十二歳で没した。

それで急遽、後継者選びの大評定がおこなわれて、次の世継には、光長の異母弟である永見市正《ながみいちまさ》の遺児の万徳丸《まんとくまる》が選ばれた。

だが市正の実弟であり、万徳丸の叔父でもある永見大蔵《だいぞう》には、これが不満だった。

後継者は、長幼の序からいって自分であるべきだ、と思っている。

このままでは、後顧の憂いを残す……、必ずや将来、騒動の種になる、と危惧する人物がいた。

それが越後高田藩の筆頭家老で、光長の異母妹を妻にしている小栗美作《みまさか》である。

早いうちに、永見大蔵を取り除いておく必要があった。

そこで小栗美作は、酒井大老に近づいた。

そして越前大野藩に、白羽の矢が立てられた。

大野藩嫡男である直明を廃嫡に追い込む、あるいは亡き者にして、そこに永見大蔵を押し込んでしまおうという謀事《はかりごと》である。

一方で、小栗美作は、松平光通の死後養子となって福井藩を託された、異母弟の松平昌親に近づき、これを引っ張り込んだ。

実は昌親もまた、大きな問題を抱えていたのである。

隠し子だったとはいえ、先代の光通には実子である松平直堅がいる。

さらには、昌親には越前松岡藩主の松平昌勝《まさかつ》という実兄がいた。

そのため、藩内は紛糾して、いっこうにおさまらない。

騒動の種は、嫡順を二重に冒した嫡統《ちゃくとう》の乱れにあって、今や福井藩は三つ巴の騒動の渦中にある。

直堅こそが正統と認める藩士たちが続ぞくと脱藩して、直堅がいる江戸を目指しはじめた。

このままでは、家中をまとめることができず、地位すら危うい。

だが、今をときめく酒井大老の後ろ盾があれば、なんとか乗り切れるのではないか。

そんな損得勘定があって、福井藩までが、その謀略に荷担した。

事実、福井藩江戸家老の芦田図書《あしだづしょ》が、にわかに松田の元を訪ねてきて、

――松平直堅のことで福井藩と大野藩との間に生じた亀裂を修復し、これまでにも

増しての交誼《こうぎ》を賜わりたい。

との口上で挨拶をし、万病に効くという〈一粒金丹《いちりゅうきんたん》〉という津軽の秘薬を土産に持参している。

すでに底は割れているのだが、福井のほうでは、そんなことは知らないから、いつ、どんなかたちで、なにを持ち込むか知れたものではない。

なにしろ下馬将軍とも異名される酒井大老と、越前松平家宗家である越後高田藩の松平光長、それに本家である福井藩の松平昌親の三者が手を結んだのだから、もはや絶体絶命、ともいうべき危うさであった。

打つべき手は、直良公が隠居して、すみやかに若殿の直明が二代目を相続することであろう。

だが、ここに痛し痒しの事情があった。

実は、そんな謀略があることを、主君の松平直良は、まるで知らない。

直良だけではなく、江戸家老の間宮定良《まみやさだよし》、国家老の斉藤利正《さいとうとしまさ》もこれを知らない。

いや、知られてはならないのであった。

なにゆえに――。

それはあとまわしにして、この謀略を知っているのは、江戸留守居役の松田与左衛門と、その部下である勘兵衛、それに隠し目付とも、忍び目付とも呼ばれる服部源次右衛門だけなのである。

ことに服部は、本庄（本所）回向院から近い酒井大老の拝領屋敷の天井裏へ忍び込み、酒井大老と小栗美作の密談を、ことごとく聞き届けてきた。

それゆえに、謀略の全貌を知ることができたのである。

しかし——。

——このこと、殿はおろか、御重役方の耳にも入れてはならぬ。我らだけの秘密じゃ。

これが、松田与左衛門の判断であった。

——我が殿は、まだ戦国のころの気風強く、ご性格は荒荒しくあられる。万一にも、かかる謀略ありと知れば、決して黙っておるお方ではない。さすれば、一悶着が起こることは必定《ひつじょう》、これは得策ではない。

松田の見る、主君評である。

また、江戸家老の間宮定良については——。

——あやつ、見かけとは裏腹に、性格は慎重、かつ小心なところがある。相手が酒井大老と知るや、たちまちにおそれ入って、我が藩さえ生き延びるなら、若君さまを廃嫡にして、越後高田から永見大蔵を迎えるほうが得策、などと言い出しかねんのだ。

ということになる。

そこへもってきて——。

すでに七十三歳になる老齢の直良公が、いまだ隠居もせずに藩主の座を守っているのは、なにも若殿が二十一歳と、年若いせいだけではなかった。

近ごろは、多少はおとなしくなってはいるが、これまでさんざんに愚行を繰り返してきた若殿に、とても危なくて、藩主の座を渡されぬという実情があったのだ。

と、なると——。

勘兵衛たちが打つ手は、自ずからかぎられてくる。

第一には、つけいられる隙を与えぬこと。

すなわち、若殿に烏滸《おこ》の沙汰を起こさせず、ただひたすらにおとなしく日日を過ごさせて、やがてくる相続の日を待つしかない。

(伊波に塩川がいるかぎりは……)

その点は大丈夫だろう、と勘兵衛は信じている。

昨年の初冬に若殿付家老、小姓組頭として江戸に赴任してきた二人の親友は、片時も直明から目を離さずに目を光らせているはずだ。

一方で、酒井大老を中心とする謀略には、進展があり、また停滞もあった。

彼らが白羽の矢を立てた、若君――松平直明を廃嫡させる手だては、唐渡りの阿片《あへん》と、芫青《げんせい》と呼ばれる猛毒である。

この阿片というものは、当時の江戸で、というより我が国において、いかなるものかを認識している者など、ほとんどいない。

また、長らく長崎にも入ってこない代物《しろもの》であった。

長崎商館の仕訳帳によると、二十年ほど昔の正保《しょうほう》四年（一六四七）に六ポンド（七六八匁《もんめ》：二八八〇瓦《グラム》）の記録が残るのみである。

阿片という名は、中国語のアーピエンを日本語読みしたものであるが、これが罌粟《けし》の実から生産されるのは、読者のよく知るところであろう。

その中国では、江南《こうなん》から誕生した明《みん》王朝が三十年ほど前に滅び、新たに満州から興《おこ》った清《しん》朝が取って代わっている。

さて、この阿片、実は日本においても津軽地方において、自生の罌粟から生産されて、阿芙蓉《あふよう》と呼ばれていた。

明の時代には、これをアフユンと発音して、阿芙蓉の字を当てていたのが、そのまま日本にも伝わったものだ。

つまり両者は、同一のものなのである。

もっとも、阿芙蓉も阿片のことも聞き知っている勘兵衛でさえ、両者が同一のものだとは、知らないのであった。

知らないといえば、阿芙蓉にせよ、阿片にせよ、当時の我が国の医学界では見向きもされなかったし、ましてや、これを吸烟《きゆうえん》するなどという使用法も知らなかった。

阿片戦争の教訓から、幕府が開国にあたって輸入禁止の方向性を示したのが幕末も安政《あんせい》になってからだし、阿片を毒として三都（東京、京都、大阪）に布達されるのが、これより二百年ものちの明治七年のことであるから、推して知るべし、と述べるしかない。

しかし――。

――なんでも、バタビアやジャワあたりの住民たちが、煙草のように吸うものらしい。吸うと羽化登仙《うかとうせん》の心地がするようだが、一度これに取りつかれると、どうしてもやめられぬという中毒症状があってな。ついには、無気力、怠惰となって、廃人同様になるという代物らしい。

と、松田から聞かされている。

また芫青とは、英名をスパニッシュフライという青斑猫《あおはんみよう》を乾燥させた有機毒で、暗殺用の毒薬として、古くから用いられる猛毒だ。

つまりは、若君にひそかに阿片を与えて廃人とするか、それがかなわねば、芫青をもって毒殺、という二段構えの謀略なのであった。

そして――。

その阿片と芫青の二品が、酒井大老の命を受けた長崎奉行と長崎代官の手によって、ついに密貿易で長崎に上陸し、この江戸へも運ばれてきたのである。

もちろん、これにも第二の手は打ってある。

謀略の詳細は教えぬままに、江戸留守居の松田はひそかに伊波利三と塩川七之丞を呼んで、

――実は先般、福井藩家老が、なにやら怪しげな薬を若殿に献上とやってきてな。まさかとは思うが、気をつけるにこしたことはない。よくよく若殿の身辺には注意を払い、お口に入るものには万全を期してほしいのじゃ。

と、注意を喚起していたのである。

そんな、ぴりぴりした状況が、この半年ばかり続いていたが、ここにきて状況は一変した。

勘兵衛にとっては、まさに天の助けとも思える変化であった。

ひとつは、越後高田において、この三月に大火があった。

そのため国帰り中であった松平光長は、江戸参府の一年の延期を届けて、幕府からは援助米が出た。

首席家老の小栗美作も、高田の復興に奔走して、身動きがとれない。

一方の越前福井では、嫡統の乱れによる三つ巴の紛争が、もはや松平昌親の手に余るまでに激化してきた。

それで昌親は、実兄である昌勝の嫡子の綱昌を養子として、これを後継者とすることで収拾を図ったが、とてもおさまらない。

ついには、今すぐにでも、綱昌に藩主の座を明け渡すことしか、落としどころがない状況に追い込まれていた。

さらには、勘兵衛の弟である藤次郎たちの活躍により、長崎抜け荷の情報がもたらされている。

勘兵衛はさっそく、これを大目付の大岡、若年寄の堀田正俊たちに伝えた結果、黒鍬者の菊池兵衛が長崎に向かった。

そして密貿易の事実が明らかになり、この正月に長崎代官の末次平蔵《すえつぐへいぞう》らの一味が捕らえられた。

そして先月には、松平忠房《ただふさ》を幕府上使として四百名を越える役人が、密貿易吟味のために長崎に発っていった。

酒井大老も、今は自分に火の粉がかからぬようにと工作に余念がないはずだ。

こうして、三者に足枷《あしかせ》がかかった今、大野藩にかけられた罠は進展のしようがない。

勘兵衛にとっては、ほっと一息、なのであった。

（ふむ、あるいは……）

明日の大岡の話とは、長崎吟味のことかもしれないな。

とても酒井大老にまでは届くまい、と予想された長崎吟味であるが、なにやら証拠でもつかめたか、と勘兵衛は淡い期待も描いた。

いつしか驟雨《しゆうう》はやんで、薄雲を通して淡い陽ざしが見えている。

長崎抜け荷仕置

1

翌日の午後、勘兵衛は八次郎とともに町宿を出た。

勘兵衛は普段着の羽織袴に、このところ常用している黒漆の塗笠姿だ。

「いい陽気だな」

「はい。汗ばむほどでございますね」

大名屋敷が連なる〈七曲がり〉の道を抜け、神田川を左に見ながら勘兵衛主従は向《むこう》柳原《やなぎはら》の河岸《かし》道を東に向かっていた。

きのうとは打ってかわった天候である。

空が抜けるほどに青い。

まさに雲ひとつない上天気であった。

この日は延宝四年（一六七六）の四月十五日であったが、太陽暦では五月二十七日にあたる。

暦の上では、二十四節気の芒種《ぼうしゅ》も近く、入梅も間近であった。

芒種は、稲や麦の種をまく時期を意味している。

（故郷でも……）

すでに苗代《なわしろ》作りがはじまっておろうな、と勘兵衛は思い、白山を望む山峡の城下町の風景を思い浮かべた。

八次郎の案内は、筋違《すじかい》橋で神田川を渡って八ッ小路《こうじ》の辻に出たあとは、須田町の手前を西へと入った。

その道は駿河台への道で、右へ右へと湾曲していく道筋には、右も左も大名屋敷や旗本屋敷が続く。

勘兵衛には、初めてたどる道筋であったから、戻りのときのことを考えて、自然と目印を確認しつつ進んだ。

「次の三叉路を左に入ります」

「そうか」

右手は一万坪はあろうかという、ひときわ広大な大名屋敷であった。

三叉路のところに、その大名持ちらしい辻番所がある。

番所に掲げられた提灯の家紋が、九曜《くよう》であることを勘兵衛は確認した。

勘兵衛は知らぬことだが、それは下野国《しもつけ》宇都宮《うつのみや》藩十五万石の藩主、松平下総守《しもうさのかみ》忠《ただ》弘《ひろ》の上屋敷であった。

松平忠弘は、この五年後に陸奥白河に国替えののち、世継をめぐって白河騒動が起こり、十万石に減封されて山形に移されたことで知られている。

勘兵衛主従が左折した道は西に長くまっすぐに続く道で、両脇にはやはり大小の旗本屋敷が並ぶ。

のちには神保《じんぼ》小路《こうじ》と呼ばれる道で、これが現代の神田神保町《じんぼうちょう》の謂《い》われとなっている。

武家地のせいか、人通りは少ない。

背後に伸びる影は、短く濃かった。

江戸城は左手に、ごく近い。

やがて道なりに右手に曲がり、

「次を左です」

八次郎の案内で左手に曲がると、すぐに堀川に突きあたった。

「これが飯田川です」

「なるほど」

「で、あれが俎橋」

太鼓型のその橋は、もう目前である。

橋を渡れば飯田町、そこが飯田坂下であるようだ。

浅草猿屋町の町宿から、およそ半刻(一時間)ほどかかったが、それほど複雑な道順ではなかった。

これなら、わざわざ案内をされずとも、説明されただけで間に合ったと思うのだが、勘兵衛は口には出さない。

八次郎が主従の枠を越えて、勘兵衛のことを兄のように慕っていることを、常日ごろ感じているからだ。

少しでも勘兵衛の側《そば》にいたいらしい。

「七ツ(午後四時)には、まだまだ時間がありそうだな」

中天の陽の高さで刻を測りながら言うと、

「はい。八ツ(午後二時)ごろに出ましたから、あと半刻ほどはあろうかと思われます」

行き来する川舟ごしに、川向こうを見ると、俎橋の先に水茶屋らしいのが見えた。

「じゃ、あそこでしばらく刻を稼ごうか。おまえは団子でも食え」

「はい」

我が意を得たりとばかり喜ぶ十八歳の八次郎は、今が食い盛りであった。

2

水茶屋で小半刻（三十分）ばかり時間をつぶしたのちに、勘兵衛は俎橋の袂で八次郎と別れた。

そこから、一町（約一〇〇㍍）ばかり西のところから飯田坂ははじまる。

なるほど八次郎が言ったように、急峻な長坂で、両脇に並ぶ町家の屋根が段段になって、東天に向かって連なっていた。

この町並が飯田町であるが、これよりのちの元禄《げんろく》十年（一六九七）に大火があって、町はまるごと築地に引っ越していき、この地は元飯田町と呼ばれることになる。

そして、勘兵衛が上りはじめた一本調子の急坂は、宅地に合わせた九段の階段坂に仕立てられた。

そこに新たに建てられた長屋には、江戸城花畑の役人が住んで、これは九段屋敷と呼ばれた。

この坂が、九段坂と呼ばれはじめるのは、そのころからのようである。

坂を上りつつ、勘兵衛は坂の両側に目を走らせている。

表通りにずらりと軒を連ねる町家は、ほとんどが商店で、暖簾《のれん》が下がる庇下《ひさしした》通路が通っている。

坂による段差があるために、町家の法面《のりめん》には石段が設けられていて、坂下になるほど段数が多い。

一町ほども上っただろうか。

（ふむ……）

探すほどのこともない。

つい半町ほど先の右側に、［若狭屋］の軒看板を見いだした。

看板からは、交叉させた一組の大きな箸の作り物がぶら下がり、店頭の置き看板には——。

〈諸国塗箸、利久《りきゅう》、数寄屋《すきや》、竹、白木、各種取揃候〉

の文字がある。

（やはり、ここのようだ……）

間口五間（約九メートル）ほどの、だが、ひっそりした店構えで、庇下にかかる紺色暖簾までは、置き看板のところから三段の石段がついている。

勘兵衛は、塗笠を取ったのち、周囲に注意深く首を巡らせてから石段を上った。

塗笠を持った左手で庇下の暖簾をくぐると、［若狭屋］の障子は閉《た》てられていた。

箸が小売りされるのは、たいがいが小間物屋であるから、通りすがりの者が客でくるところではないらしい。

そんなことを考えながら、

「ごめん」

勘兵衛は、声をかけてのちに障子を開けた。

すると、土間に続く座敷の端に座っていた女性が、傍らの小僧を制して、滑るように近づいてきた。

その座敷では、番頭らしいのが商人と商談中で、その奥の結界から店主らしい男が、ちらりと勘兵衛を見やって、軽い会釈を送ってくる。

「落合さま……？」

年のころは、三十は過ぎていよう。

目鼻立ちのくっきりした女性が、小声で尋ねた。

店主の会釈に応えながら、勘兵衛は返した。

「そうです。ご隠居さまに会いにまいりまして」

「承っております。ご隠居さまの嫁でしのぶと申します。ご隠居さまも、ほどなくこられましょうほどに……。ま、どうぞ、こちらへ」

土間の端に二階へと通じる階段があって、そちらへ案内された。


そのとき——。

この［若狭屋］の向かいの、少し坂上のところに枡形に石組みされた場所があって、大きな天水桶《てんすいおけ》がある。

その天水桶の傍らに、手拭いで頬被りした色の黒い男がいた。

「うーむ」

その男が立ち上がって腕組みし、［若狭屋］に目を向けながら、悩ましげにうなっていた。

男の足下には、糸立《いとたて》筵《むしろ》で四方を包み込んだ小箱がある。

見たところ、露天の苗売りのようだ。

しかし苗売りなら、

「朝顔の苗やぁ夕顔のない、玉蜀黍《とうもろこし》の苗やぁ、へちまの苗《ない》……」

といったふうに、田舎びた声で呼び声をかけるものだが、この男、昼過ぎくらいから、この地に店開きしながら、一向に声を出していない。

だいたいにして、このような苗売り、真っ赤な偽物をつかませる者が多く、いざ買ってきて植木鉢で育てると、ただの雑草であったという類の商売である。

それにしても、この男、小箱を前に天水桶に凭《もた》れて座ったきり、まるきり商売をしようというつもりがないようであった。

それもそのはず、この男、ゆえあって［若狭屋］を見張っていたのである。

きょうが、その二日目であった。

その男が、つい先ほどに――。

（お……！）

思わず、腰を浮かせかけて、次には地面に顔を伏せ、上目づかいになったのであった。

というのも坂を上ってきた武士が、［若狭屋］の前で立ち止まり、塗笠を取った。

(あっ、あれは……)

落合勘兵衛ではないか。

そうと、気づいたのである。

つい、ひと月ほど前まで、男はその落合勘兵衛の姿を、必死で探し求めていた時期があった。

だが、ついに落合勘兵衛に出会うことはなかったのであるが……。

それが思いもかけず、こんなところで、ひょいと出会うなんて……。

その驚きもさることながら——。

なんとその落合勘兵衛が、自分が見張っている［若狭屋］へと入っていったではないか。

(こりゃあ、いったい……)

思わず立ち上がり、腕組みまでしてみたが……。

(なにが、どうなっておるのか……)

さっぱりわからぬ、と目尻の下がった目を白黒させている男は越前の出で、名を条《じょう》吉《きち》といった。

この条吉、縁《えにし》の糸に結ばれて、熊鷲三《くまわしさん》太夫《だゆう》を名乗る得体の知れない男の手下になっている。

その熊鷲は変名で、実の名を山路亥之助という。

越前大野からの脱藩者で、落合勘兵衛に深い恨みを抱く者であった。

だが、そのような事情を、条吉はまるで聞かされていない。

ただ、落合勘兵衛の住処《すみか》を突き止めろ、と熊鷲の旦那に命じられ、ついに果たせなかった。

(どうすれば、ええのやろう)

つい先日に、熊鷲の旦那からは、

――落合勘兵衛のことは、もうよい。

そのように言われて、新しい指図を受けていた。

その指図というのが、条吉には、もうひとつ意味不明なのである。

十日ほど前のことだが――。

熊鷲の旦那がもろみ味噌を酒肴に酒を飲んでいたとき、つくづくと塗箸の先を見つめ、さらには漆塗りの盃の底にも見入ったのちに、こう言ったのだ。

――なあ、条吉。ほかでもない。腕のいい箸師に、こういった盃を作る木地師と、それに塗師《ぬし》をな。見つけてきてほしいのだ。

わけもわからぬままに、条吉は動きはじめた。で、箸師にせよ、塗師にせよ、見つけ出すには問屋を見張るのが早かろう、と思い至った。

そこで納品にやってくるであろう職人らしい者のあとをつけ、それで知り合おうという算段である。

目をつけたのが［若狭屋］で、これはもう、たまたまのことなのであった。

怪しまれないように苗屋に化けたが、これはどうも、失敗だったのではないか。

見張りも、きょうで二日目になるが、まるきり職人らしい者の出入りがない。

ときどき荷が入ってくるのを見ると、［若狭屋］が扱う箸は、江戸で生産されず、諸国から送られてくるのではなかろうか。

ならば、ここはそうそうにあきらめて、塗師の親方や道具屋をあたったほうが早そうだ。

そう思いはじめたころに、落合勘兵衛を見いだした。

（旦那は、もうよい、と言いなさったが……）

ここで会うたが百年目よ――。

ようやっと決心をつけて、再び条吉は腰を下ろした。

（ふむ……）

その条吉の目に、揃って大編笠をかぶった三人連れが、［若狭屋］の階段を上っていくのが映っている。

3

［若狭屋］の二階に案内された勘兵衛は、出された茶には手をつけず、端然と大岡を待っていた。

さほど待つ間もなく、階下で表障子の開く音がした。

足音からすると、来客は三人のようだ。

が、しばらくして階段を上ってくる足音は、二つである。

勘兵衛は、改めて居ずまいを正した。

胸元から扇子を取り出し、膝前に置いた。

これは、自他の境を作る結界で、座っての挨拶のときの礼儀であった。

しのぶに案内されて、大編笠の武士が入ってきた。

「や、待たせたかな」

言いながら大編笠を取る。大岡忠勝であった。

頬にややたるみが見えるものの、年齢の割には皺も少なく、肌の血色もよい。古武士の風格をそなえた老人であった。

「いえ、拙者も先ほど到着したばかりでございます」

「そうかえ。なに、そう、しゃちほこばらずともよい。扇子などしまえ、膝も崩せ」

言いながら、腰から大小を取って、しのぶに渡した。

袱紗《ふくさ》で受け取ったしのぶが、大小を床の間に運ぶのを見やりながら、腰を下ろそうとした大岡だが、

「や……!」

すでに刀架けに架かっている、勘兵衛の刀に早くも目をつけたようだ。

「これは、また……」

瞠《みは》ったままの目を、勘兵衛に向けた。

「お目にとまりましたか」

「とまらいでか。いや、近ごろは、とんと目にせぬ業物《わざもの》じゃが……」

座ることを忘れたように、再び刀剣に目をやっている。

その間に、しのぶは大岡が預けた刀剣を、床の間に並べて置かれた刀架けに架ける

と、静かに部屋を出ていった。

「二尺七寸（約八二チセン）ほどか」

「はい、刀身は二尺六寸五分、そのかわり柄頭《つかがしら》を長く、八寸五分にしつらえましてございます」

「ほほう。これはまた頼もしいかぎりじゃ。銘はあるのか」

「はい、山城国西陣《やましろのくににしじん》住人埋忠明寿《うめただみょうじゅ》と……」

「なに、埋忠明寿と申すか」

「は」

「いやあ、それはまた珍しいものを……」

大岡の声が、感嘆の調子を帯びた。

「以前より長刀を探しておりましたところ、思いがけず、この正月に出会いまして」

「ふうむ……」

挨拶もそこそこに、刀剣の話になってしまった。

「もし、よろしければ、お手に取られてご覧くださいませ」

「お、よいのか」

「ぜひ。刀身に見事な浮き彫りがございます」

「ふむ。では、おことばに甘えさせてもらおうかの」

大岡は、刀架けから埋忠明寿を取るなり、

「うむ。重い。さすがじゃの」

言って、床の間を背に正座をすると、懐より懐紙を取り出し口にくわえ、静かに左右に鞘を払っていった。

「おう、不動明王か」

刀身に浮き出る彫刻に目を細め、裏を返して飛龍に見入った。

「話には聞いておったが、こりゃ見事なものよのう」

ついには鞘を取り払い、ためつすがめつしながら刀剣を愛《め》でている。

やがて——。

「いや。よいものを見せてもろうた。礼を言うぞ」

「とんでもございません」

勘兵衛は、畳の上を滑って大岡に近づき、渡された刀剣を再び刀架けに戻した。

「いや、また一段と逞しくなられた。とは思うたが、あれほどの業物を腰に帯びるとはのう。わしのような年寄には、腰がふらつこうというものじゃ」

「なにをおっしゃいますか」

「いやいや、わしももう、六十六じゃぞ。それで、この六月六日……、ちょうど六が四つ並ぶ日を吉日に、改名をしようと思っておるのよ」

「ご改名で、ございますか」

「うむ。縁起をかつぐわけではないが、今しばらくは、幕府の行く末を見届けたくもあってな」

意味深長な言いようである。

「名は、もうお決めでございますか」

「うむ。次は忠種《ただたね》にしようと思っておる。種からもう一度……、ま、これまでにこびりついた垢《あか》をきれいに落とし、一から出直してみよう、というほどの気持ちかな」

「ははあ、一から……」

「というて、老い先も短かろうから、ま、気分だけでも変えたいということだ。というのもな」

「はい」

「例の長崎の件だ」

「あ、はい」

いきなり核心に入ってきた。

「すでに詮議は進み、それぞれの仕置きが決せられた」

「………」

酒井大老と、長崎奉行の岡野が、長崎代官の末次平蔵を使って仕組んだ密貿易の詮議である。

「ま、予想はされたことじゃが、詮議のなかで、ついに酒井の名も、岡野の名も出てはこなかったそうじゃ」

「やはり……」

見込みどおりだったとはいえ、いざ、そう聞かされると勘兵衛の裡《うち》に、悔しさとも、にがさともつかぬものが満ちてくる。

大岡は、懐から書状を取り出した。

ちらりと、それに目を落とし、

「うむ。結局のところ、こたびの抜け荷一件の主犯は、長崎代官配下の陰山《かげやま》九太夫《きゆうだゆう》と、唐小通事《からしようつうじ》の下田弥三右衛門《しもだやざえもん》の二名ということになって、両名とも町中引き回しのうえ、裸島《はだかじま》（現・長崎県西海市《さいかい》の無人島）において磔《はりつけ》。ほか一味の者も、ことごとく獄門とある。ただ長崎代官の末次平蔵は、その資金が抜け荷に利用されたものの、直接に事件に関わったわけではないということで、特に死一等を免ぜられて、闕所《けつしよ》のうえ、長子とともに隠岐《おき》へ、末子と母親の長福院《ちょうふくいん》は壱岐《いき》へ流されることに決したようだ」

「そんな……」

肝心の首謀者が、直接に事件に関わったわけではない、とは……。

勘兵衛の裡にこもった悔しさは、そろそろ怒りに変わろうとしていた。

その顔色を読んだように、大岡が静かに言った。

「ま、ご政道とは、多かれ少なかれ、不条理に満ちているものよ。末次平蔵は今が四代目になるが、権力の中枢に財をばらまいていたからな。長崎当番奉行の牛込忠左衛門《うしごめちゅうざえもん》も、幕府上使の松平忠房も、そのあたりは十分に承知しておるから、迂闊に追い込めば、鬼が出るやら蛇が出るやら、下手をすれば自分に火の粉がかかってくることは百も承知じゃ。また平蔵にすれば、初代平蔵のときの教訓もあるから、なにもしゃべりはせん」

「ええと……その……初代平蔵の教訓とは、なんでございましょう」

「そのことか。うむ。あれは、もう四十何年も昔の……。そう、わしが、おまえさんの年ごろのことじゃが、初代の末次平蔵がオランダと事を構えてな。暴走のあげくに、平戸にあったオランダ商館を力づくで閉鎖してしまったことがあってのう」

「ははあ、そのようなことが……」

当時の日本商船は、中国産の生糸や絹を大いに求めていたが、さんざん和寇《わこう》(日本の海賊)に苦しんだ明国は入港を禁止しており、また豊臣秀吉が起こした朝鮮の役の影響で、朝鮮半島へも近づけなかった。

それで、アユタヤ(タイ)やトンキン(ベトナム)や大恵島(台湾)を通じての、中継ぎ貿易をおこなうほかはなかったのである。

一方、ポルトガル、オランダ、イギリスの間で東洋貿易の主導権争いが加熱して、オランダはマカオのポルトガル居留地を攻撃したが敗退した。

それでオランダは、日本名を大恵島、中国では小琉球と呼ぶ島を占領して、これをタイオワンと称した(現在の台湾の名は、ここから起こる)。

そしてタイオワンに帰港する外国船に、一割の関税をかけた。

明国は、これを受け入れたが、日本の貿易家たちはこれを認めず、ついに末次平蔵が平戸の商館員を拘束して人質にとったのである。

そのことで、末次平蔵は江戸にて幕府の取り調べを受けた。

しかし平蔵は、貿易で上がる莫大な利益で、それまでに幕閣をはじめ有力大名たちにも、さんざんに甘い汁を吸わせておいたから、意気軒昂であったのだ。

「幕閣に賄賂をつかませたり、投資をさせて利益を分配したり、といった証拠書類を握っておるからな。それを盾に、恫喝《どうかつ》めいたことを口にしはじめたのよ。それで牢に入れられたうえで、あっさり斬殺されよった」

「ふうむ……」

勘兵衛が思うに、初代平蔵におかしなことを口走られると、よほどに困る幕府ご重役がいたらしい。

「初代平蔵は、そのようにして口を塞いだが、肝心の証拠書類は長崎にある。末次家が、その後も長崎代官の職を世襲できたのは、そのおかげじゃろう」

「なるほど……」

ならば四代目の末次平蔵は、沈黙を守ることが、己《おの》が命を守ることになると知っていたはずだ。

「まちがえても、長崎奉行と結託した、などとは口に出すはずがなかった、ということですか」

「そういうことだな。しかし菊池から届いた書状に、ひとつだけおもしろい点がある」

「なんでございましょう」

菊池は大岡の命《めい》を受けて、長崎に向かった密偵であった。

「うむ。平蔵の配下で、井上市郎左衛門《いのうえいちろうざえもん》という者が、取り調べの途中で自害して果てた、ということになっておるが、実のところは暗殺されたようだ、と菊池は言うのだな」

「はて……」

「どうやら岡野貞明の名を出したのが命取りになったのではないか、と言うのだよ。なにしろ詮議のために長崎に送り込んだ役人は、ゆうに四百名を超えておる。そのなかには、酒井大老の意を汲んだ者が、多数まぎれ込んでいたやもしれぬ」

「なるほど、あり得る話です」

「というて、確たる証拠はない。菊池は今も、そこのところを調べておるようだ」

「すると、菊池さまは、いまだ長崎に……」

「うむ。ねばっておるようだが、見込みは薄いの」

長崎奉行は年番制で、末次平蔵に抜け荷の指示を出した長崎奉行、岡野貞明は、いま江戸にある。

井上は、その岡野の名を出したため消された、と菊池は確信したのだろう。

4

「それにしてもよ……」

「はい」

「いや、末次平蔵を闕所にしてわかったことだが、その財たるや、目を剝くばかりじゃぞ」

「………」

「なにしろな。いや、出てくるわ、出てくるわ……」

大岡は再び、手元の書状に目を落とした。

そのとき、階段を踏む足音があった。

しのぶが、茶と茶菓を運んできたのだ。

「うむ。すまぬな」

大岡が穏やかな声で言い、

「のちほどでよいがな。酒《ささ》の支度も頼んだぞ」

「はい。向井さまより、伺っております。よろしき折に、手でもお打ちくださいませ」

「おう、そうしよう」

話の様子からすれば、大岡が用人の向井と、もう一人の供を連れてきたことが知れた。

おそらくは二人とも、階段下で控えているようで、今、この座敷は、どのような密談でもできる状況らしい。

それにしても――。

(酒の支度……？)

大岡との面談は、思ったより長くなりそうだな、と勘兵衛は感じた。

勘兵衛自身の依頼も、まだだが、長崎のこと以外に、大岡はなにを話そうという心づもりなのだろうか。

思わず、緊張が表情にでも表われたのであろうか。

「落合どの、遠慮はせずに、もっとくつろげ。隠居との世間話のつもりでな。わしも楽にさせてもらう」

のどかな声音で言って、大岡は座布団の上で大胡座《おおあぐら》になった。

それから、ずるずるっと音を立てて、茶をすすった。

「では、遠慮なく」

勘兵衛も大岡にならって、胡座をかき、すでに冷えた茶に手を伸ばした。

「さて、末次平蔵の屋敷から出てきたお宝のことじゃが……」

再度、書状を手にした大岡が、

「まず、銀が八千七百貫目」

「へぇえ」

思わず、声が出た。

銀一貫目は、相場では二十両に匹敵する。

八千七百貫目というと、実に十七万四千両ということだ。

「これで驚いてもらっては困るぞ。小判は三千両入りの箱が三十箱、つまりは九万両だ。それに黄金十枚入りの箱が十箱あった。黄金一枚は十両にあたるから、千両に相当する」

（すると……）

締めて二十六万五千両か……と勘兵衛は胸算用した。

越前大野藩の総収入の五年分を、はるかに超える額であった。

「まだ、あるぞ」

「…………」

もはや、あきれて声も出ない。

長崎代官とは、それほどに利を生む役職なのか。

「貸し付け銀の文書の総計が、およそ一万貫（二十万両）、茶道具、屏風に掛け軸、伽羅《きゃら》や珊瑚《さんご》などなど、ざっと見積もって六十万両ほどという」

なんと合計すれば、百万両を超えている。

「これには、幕閣でも驚いたようでな。以降は長崎代官を置かず、町年寄が、これを代行することになった」

「そのような結末ですか」

勘兵衛には、歯がゆい思いだけが残った。

（しかし……）

命までは取られぬまでも、末次平蔵は遠島のうえ、闕所となった。

闕所というのは、重刑の付加刑として財産を没収されることである。

（最後は、百万両で我が命を買ったか……）

不義にして富みかつ貴《たつと》きは浮雲《ふうん》の如し。

そのとき勘兵衛に、ふいに浮かんだ論語の一節である。

蛇足ながら、一旦は廃止された長崎代官だが、これより六十三年のちの元文《げんぶん》四年（一七三九）になって、長崎町年寄の高木作右衛門《たかぎさくえもん》が再び長崎代官職（幕臣）に就いて、幕末まで世襲を続けている。

さて、流罪となった末次平蔵について、もう少し付け足しておきたい。

このとき、平蔵はまだ長崎の牢にいる。年齢は四十三歳。長子の平兵衛《へいべえ》は二十歳。

父子が実際に隠岐に流されたのは、これよりひと月のちの五月のことである。

隠岐に残る古文書には――。

末次平蔵同平兵衛、延宝四年五月二十二日に宇賀《うが》村に居住、一人四人扶持宛被下《くださる》。

とあるから、生活の心配はなかったようだ。

息子の平兵衛が、父より早く先立ったらしいことは、出雲日御碕《ひのみさき》神官で俳人である日置風水《ひおきふうすい》著の『隠岐のすさび』に記されている。

ところで、末次平蔵のその後の消息のことだ。

山陰中央新報社刊の『隠岐・流人秘帳』に、末次平蔵の子孫が著わした書物のことが触れられている。

タイトルは『流人末次平蔵脱出秘録』というのだが、当時の隠岐は、日本海を上り下りする帆船の中継地であったから、平蔵は八十歳のころ島からの脱出を果たし、かつて貢献した福岡藩に仕官して九十余歳まで生きたという。

残念ながら、確証はない。

5

そのようなわけじゃから、と大岡は言った。

「そのようなわけじゃから、酒井は、まだまだ幅《はば》めくであろう。しかし、わしゃあ、きゃつが地に塗《まみ》れるのを、ぜひにも見たいのじゃ。この目が黒いうちにな」

(はて……)

この執念は、どこからきておるのか……。

いや、執念というより、妄執に近いような。

勘兵衛は、目前の老人の目が蛇のように光るのを見ながら、ふと、訝っていた。

大岡が、近く忠種と改名するのも、その執念のゆえなのであろうか。

もちろん勘兵衛とて、主家にとっても、弟が仕える大和郡山藩本藩にとっても、ただただ害毒でしかない大老が破滅するのは、願ってもないことであった。

（だが……）

そんな日が、いつかはくるのであろうか。

（俺には、なにもできぬ……）

直参《じきさん》でもない、一介の又者《またもの》でしかない自分の非力さを、勘兵衛は改めてひしひしと感じている。

大岡が手元の書状を懐にしまい、それから一口、茶を飲んだ。

そして言った。

「要は、次期将軍の跡目次第じゃな」

「ははあ……」

唐突に出てきた話題に、勘兵衛はたじろいだ。

たとえ密談にせよ、将軍継嗣《けいし》問題に首を突っ込むのを危険と感じたのである。

だが、大岡は、

「御上《おかみ》にあらせられては、幼少のころよりご病弱、三十半ばを過ぎて、いまだ子宝に恵まれぬ。このまま、万一のことあれば、と我ら日ごろより胸を痛めておるところだ」

「さようでございましょうな」

勘兵衛の主君は、子宝には恵まれながらも、男児がことごとく夭折《ようせつ》し、ようやく若君の直明公を得たのは、五十を超えてからであった。

それに比べて、四代将軍の徳川家綱は、まだ三十六歳だから、とも言えようが、いまだ一人とて子ができない、というのが、いかにも心許ない。

臣下としては、なんとも気を揉むところであろうことは、容易に想像される。

「それゆえ備中守が、甲府宰相《こうふさいしょう》さまを西の丸にと、これまで幾たびか建議したのだが、いや、まだ早い、と酒井のところで握りつぶされてきた。わしが思うに、酒井にはなにやら腹に一物《いちもつ》ありそうな気がする」

「…………」

備中守というのは、若年寄の堀田正俊のことである。

家綱には、二人の弟がいて、上が甲府宰相の松平綱重《つなしげ》、下が館林《たてばやし》宰相の松平綱吉《つなよし》であった。

もしものことがあれば、甲府宰相が次期将軍に、というのが正しい嫡統であることは論議を待たない。

しかも、昨年に出版されたばかりの如儡子《にょらいし》（仮名草子作者）が著した『武家勧懲《かんちょう》記』という大名評判記によれば——。

綱重卿ハ自然ト権威備リ、剛勇有テ物毎好悪《ものごとこうお》ノ意地ナク、行跡悠然トシテ、聡明叡智ノ御器量タリ。

と非常に評判がよい。

次期将軍の器として、申し分はない、と思われるのだが……。

（腹に一物……？）

大岡が言わんとするところは、実は勘兵衛、上役の松田から、それとなく漏れ聞いて理解はしていたが、それは口にできない。

「酒井め、自分の権力を守るためには、五代目さまが甲府さまや館林さまでは、どうにも都合が悪いのじゃ」

勘兵衛としては、相槌も打ちづらい。

だが、そんなことにはお構いなく、大岡は続けた。

「なにしろ酒井め、まさかに御上に子ができぬなどとは、思ってもいなかったのであろう。それゆえ、仮にも将軍の弟君というに、これまで、粗略、無礼なる接遇が多多あってな。今になって焦っても、後悔先に立たず、というところよ。それゆえ、策を巡らしておること必定じゃ」

「はて……。無礼なる接遇とは……」

初めて耳にすることだったので、勘兵衛は思わず尋ねた。

これまで勘兵衛が耳にしたところでは、甲府宰相も、館林宰相も、母親が身分の低い者であったから、家格を誇る御三家や、越後高田の松平光長を筆頭に親藩筋から、どことなく疎《うと》まれているようだ、くらいしか知らない。

(口には出せぬが、公方さまの母君もまた……)

三代将軍の徳川家光は、女嫌いで春日局《かすがのつぼね》をやきもきさせた。

それで春日局は、町に出て家光の胤《たね》を宿しそうな娘を探しまわった。

現将軍の母は、宝樹院《ほうじゅいん》(お楽《らく》の方)だが、本名を蘭《らん》といった。

蘭の父親は農民上がりの下級武士で、旗本家に仕官していたが、主家の金を使い込んで下野国《しもつけのくに》で蟄居《ちっきょ》になった。のちには禁猟の鶴を撃って死罪となっている。

蘭は父の死後、母親とともに江戸へ出て十三歳のとき、古着商の手伝いをしているところを春日局の目にとまったのである。

また館林宰相・綱吉の母は、八百屋の娘であったのを、やはり春日局に見いだされた。

余計なことながら、この娘の名は玉《たま》という。ここから〈玉の輿《こし》〉ということばが生まれたという説がある。

一方、甲府宰相・綱重の母は、京の商人の娘であったが、家光の正室が京から連れてきて御末《おすえ》（大奥最下等の女中）を務めていたある日、お湯殿の当番のときに家光の手がついた。

勘兵衛の問いに、大岡は答えた。

「たとえば、近くは五年ほど前じゃ。利根川が大洪水になって田は流れ、館林では窮状に陥った。それで綱吉さまは財政逼迫《ひっぱく》を訴えたが、酒井は一顧だにせず却下した」

「そのようなことが……」

「おうさ。先月の越後高田の大火では、頼まれもせぬのに即座に援助米を出したというにな。わしゃ、酒井と越後高田の光長さまが、なにやら裏で手を握っておるようだ、としか思えぬのじゃ」

「………」

(なんの、大岡さま、さすがに鋭うございますな)

ついさっきには、老人の妄執とも思っていた勘兵衛は、内心で舌を巻いた。

越後高田と酒井との強い結びつきを、勘兵衛は知っているが、誰にも漏らしてはいなかったのだ。

だが大岡は、まったく別の道筋から、そんな結論に達したようだ。

(大目付だけのことはある)

「ま、そのようなことであるから、いよいよ御世継……というときに、必ずや酒井は危機に立たされよう。わしゃ、そのときを待っているのよ」

「なるほど、そのようなわけでございますか」

権力の交代は、どこの大名家でも、代替わりのときに起こる。

ようやく勘兵衛には、大岡が言わんとするところが腑に落ちた。

大岡は、うむうむと、自分にうなずくように首を二度振ったのちに、

「ところで……」

改めて勘兵衛を見つめた。

「すっかり長話になってしもうて、すまぬな。肝心の……うむ、そなたの文にあった

願い事とは、なんじゃ」

「は。お願いしたきことは、ただひとつ。大岡さまに、どなたか御目付をご紹介いただけぬかと思いまして」

「なに、目付とな」

「はい。できうれば、清廉、剛勇の気をお持ちの方を……と願うております」

大目付が老中支配で、主に大名の監察をおこなうのに対し、目付は若年寄支配で、旗本の監察をおこなうのが職務である。

「ふむ、そりゃたやすきことじゃが……。そうよのう、目付は、今のところ九人おるが、ふうむ……」

大岡はしばらく考えをこらしたのち、

「いっそのこと、どうだ。我が縁戚の内に、大岡五郎右衛門《ごろうえもん》という者がおる。身内ゆえに誉めるわけではないが、なかなかの器量人じゃ。目付の御役について五年ばかりたとうか、年も四十半ば、まさに働き盛りじゃがな」

「それは願ってもないことです」

「屋敷は牛込御門外、神楽坂《かぐらざか》の途中にあるが……、いやいや、両三日の内には、わしのほうから話を通しておこう」

「かたじけない、かぎりであります」

すんなりと話は通った。

「しかし……。うむ。なにやら子細《しさい》がありそうな。よければ、話を聞かせぬか」

「それは、かまいませぬが、いささか長い話になりましょう」

「かまわぬ。かまわぬ。きょうは、そなたとゆるりと話をするつもりできた。それゆえ、夕餉《ゆうげ》の準備もいたさせておる」

「さようでございますか。いや、重ねていたみいりまする。では、お話しをいたしますが、拙者……、実は先月のこと、思わぬ仕儀で赤児を拾いましてね」

「ほう、おもしろそうな話ではないか」

大岡が身を乗り出してきた。

旧時茫茫

1

勘兵衛が浅草・堀田原で、捨て子と思われる赤児を拾ったのは、先月の七日であった。

「ちょうど、将軍さま御側衆の、板倉筑後守《いたくらちくごのかみ》さまの屋敷裏門のところでございましたが……」

あのとき——。

勘兵衛は、中川《なかがわ》を名乗る板倉家用人から、邪険に扱われた。

「ふむ。筑後守か。三年前に身まかった板倉老中の弟君だな」

「そうでございましたか」

大岡に聞かされるまで、そうとは知らなかった。

「で、その赤児、板倉家ゆかりの者だったのか」

早手回しに尋ねてくるのに、

「いえ、そうではございませんでした」

「そうか。そうじゃろうな」

そんな大岡の様子に、通り一遍ではないものを感じて、勘兵衛は尋ねた。

「板倉さまに、なにかございましたか」

「ふむ、筑後守には、近ごろ病変の気味らしゅうてな。登城もままならずにいたところ、つい三日前には職を辞したでな。それで、尋ねてみたまでじゃ」

「さようでございましたか」

なるほど、そのような状態であるならば、いかに門前に捨て子があろうと、それどころではない、というのが用人の中川の思いであったろう。

少しく勘兵衛の裡《うち》にわだかまっていた、悔しさのようなものが、ようやく氷解した。

「で、その赤児の件でございますが……」

勘兵衛は話を戻して、赤児が男児であったこと、また捨て子にしては衣類が高価そうだったこと、それに襁褓《むつき》が六尺ふんどしの、ぐるぐる巻だったのを語った。

「ふむ。そりゃ、面妖なことじゃのう」

「はい。ただの捨て子とは、とうてい思われず、それで浅草寺《せんそうじ》界隈の顔役に事情を探らせることにいたしました」

「ふむ。浅草寺界隈の顔役……な。もしや、花川戸《はなかわど》の六地蔵《ろくじぞう》の親分かえ」

「あ、ご存じでございましたか」

思いがけないことであった。

「いやさ。ずっと若いころの話よ……」

大岡は、遠い目になって、しばらく口をもぐもぐさせたのちに、

「そなた、たしか剣の流派は小野《おの》派一刀流であったな」

思いがけぬことを、尋ねてきた。

「はい。故郷では夕雲《せきうん》流を学びましたが、江戸にては、たしかに小野派一刀流の道場に通っております」

「ならば、小野次郎《じろう》右衛門《えもん》のことは耳にしておろう」

「はい。小野派一刀流の開祖で、前の名は神子上典膳《みこがみてんぜん》、将軍家御指南役となられてからは、小野次郎右衛門忠明《ただあき》と改められましたな」

以来、小野家を継ぐ者は次郎右衛門を襲名して、将軍家の指南役を務める。

「今は三代目になっておるが、わしのころは二代目の忠常《ただつね》さまでな。ここからすぐ近く……この飯田坂下を、少し北に入ったところに、その屋敷がある。その邸内にある道場で、わしは剣を学んだのじゃ」

「そうでございましたか」

そんな近間《ちかま》に、小野派一刀流の本家があるとは、初めて知ったが、なるほど有力旗本の子弟ともなると、将軍家御指南役から直接に剣を学べるのか、と少しばかりうらやましい気もする勘兵衛だった。

「その折の同門に、わしよりひとつ歳上で、加賀爪甚十郎《かがづめじんじゆうろう》という町奉行の伜がおっての。当時は家光公の小姓衆じゃったが、これがとんだ暴れ者でな。ばったり顔を合わせたが最後、兄弟子《あにでし》なのをいいことに、道場帰りに、あちこち引っぱりまわすのじゃ」

「ほほう」

勘兵衛は、ふと故郷の、坂巻道場のころを思い浮かべた。

「しかも、図抜けた悪たれでな。かぶき者を気取って、飲食代を踏み倒そうとする」

「ははあ……」

いわゆる旗本奴という口だな、と勘兵衛は思った。

「まあ、町奉行の伜とわかっているから、文句も言えず、たいがいのところでいやな顔をされたが、浅草、六地蔵横の菜飯《なめし》茶屋だけは、親父が変わった御仁でな。いやな顔ひとつ見せず、もっと食え、酒も飲めと勧めてくる始末よ。それをよいことに、ずいぶんとただ飯、ただ酒を飲ませてもろうた。今は代替わりをしたそうだが、その親父が六地蔵の親分と呼ばれておったのだ。たしか今は伜が跡を継ぎ、料理屋に変えたと聞いたが……」

「はい。今は「魚久《うおきゅう》」という評判のよい料理屋で、当代は久助《きゅうすけ》と申します」

「おう。そのような名であったな。そのことは加賀爪から聞いた。いやさ、その加賀爪だが、暴れ者ながら、父親が人柄もよく町奉行であったせいか、出世だけは順調でな……」

小姓組番頭《ばんがしら》になったとき、本人は二千石を賜わった。

一方、父親の加賀爪忠澄《ただすみ》は、寛永十七年（一六四〇）に大目付に昇進して、二千石加増の九千五百石になった。

だが、好事魔多しというべきか、忠澄は翌年に起こった京橋の大火の消火中に殉職してしまう。

「そうして家督を継いだ甚十郎……いや、もう加賀爪甲斐守直澄《なおずみ》じゃが、たちまちにして一万一千五百石の大名じゃ。ついには寺社奉行にまで昇りつめたのよ。ちょうどそのころに、わしにな。おい忠四郎、例の花川戸の菜飯茶屋の倅が、こたび［魚久］という料理屋をはじめたでな、さっそくに駆けつけて、昔の借りは、まとめて払うておいたぞ、と、そうぬかしおったわ」

忠四郎は、大岡の通称である。

だんだんに大岡の口調に、昔を懐かしむような色合いが強まってきた。

「ははあ、そのようなことがございましたのか」

「うん。じゃが、あやつの、持って生まれた暴れ者の気性は、どうにもならぬわ。とうとう本性を現わしよって、五年ばかり前じゃったか、寺社奉行の職を召し放たれて、ひと月の閉門をくらいよった。やはり、大馬鹿者じゃ」

口こそ悪いが大岡は、その加賀爪のことを悪友ながらも、気遣っている様子であった。

（はて、なにゆえに閉門などに……）

加賀爪直澄、という人物に馴染みはない勘兵衛だが、そこまで聞いてしまえば、つい知りたくなるのが人情というものである。

「本人は、召し放ちになってせいせいした、などとうそぶいていたが、その原因というのが、もう笑い話にもならんでな」

どうやら、勘兵衛の知りたいことを、話して聞かせるつもりらしい。

「加賀爪が評定所におるとき、将軍御側衆の松平因幡《いなば》が使いにやってきた。因幡守というのは、あの松平伊豆の五男坊じゃ」

「ははあ、あの老中まで務められた、知恵伊豆と呼ばれたお方の……」

そのとき、思わず怒声が飛んできた。

「馬鹿ぬかせ、なにが知恵伊豆じゃ。小才ばかりの、いやな男であったわ」

「…………」

思わず漏らしたひとことが、大岡の癇《かん》に障《さわ》ったようだ。

だが——。

「いや。すまぬ、すまぬ。わしゃ昔より、松平信綱《のぶつな》のことが大嫌いでな。それで、つい、声を荒げてしもうた。気にするでないぞ」

「は」

過去になにか、あったらしい。

「そう、因幡守のことじゃ。坊主憎けりゃ、という類にはちがいないが、こやつのことも、わしは好かん。実は加賀爪も、常づねこやつのことが、気に食わんでな。それで、因幡守が用向きを終えて評定所から帰るとき、わざと居眠りをしているふりをして、見送りに出なかったのじゃ」

「はあ……」

勘兵衛としては不得要領《ふとくようりょう》である。

「仮にも、将軍の使いで、きたものであるからな。玄関先まで送るが礼儀じゃ」

「ははあ」

「加賀爪も大人げないが、因幡守もどっこいどっこいじゃ。さっそくに、加賀爪の非礼を報告して、加賀爪は不敬の罪に問われたわけよ」

「ははあ……」

それで寺社奉行を棒に振り、閉門か……。

(なるほど、松平因幡守というのは、いやな男らしい)

勘兵衛も、そんな思いを持った。

思うと同時に、ひととの交わりにあたっては、迂闊に敵を作ってはならぬ——と、自分自身への戒めともしている。

2

再び大岡が湯呑みに手を伸ばして、喉を潤したのちに——。

「いや、こうも嘴《くちばし》を挟んでいては、話が前に進まぬな。ま、誰彼つかまえては話したい隠居の通癖《つうへき》と思うて、許されよ。もう、あまり邪魔はせぬからな」

「なにを、おっしゃりますか。いや、拙者などには、とても耳には入らぬ内輪話、たいへん、おもしろうございます」

「ふむ。そう言うてもらうと面目も立とうというものじゃ。うむ、拾うた赤児の件を、六地蔵の親分に、調べさせようというところまでだったな」

その大岡が、加賀爪や、松平伊豆守信綱、その子の松平因幡守などのことを話して聞かせたのは、実は伏線があってのことと、しばらくのちに勘兵衛は気づくことになる。

勘兵衛は、過程をすっ飛ばして、結論から述べることにした。

「はい。六地蔵の久助には、ずいぶんと苦労をかけましたが、結局のところ、赤児は大番組頭の小笠原久左衛門《おがさわらきゆうざえもん》さまのご子息とわかりました」

「なんじゃと。旗本の子が捨てられていた、と申すのか」

大岡は、驚いた顔になった。

「というても、奥方との間にできた子ではございませぬ。麹町にある紙問屋の娘で、およしという者との間に生まれた子でございます」

「ふむ。側女《そばめ》の子か」

「もう少し詳しく申せば、およしが、小笠原さまの屋敷に女中奉公に出てお手つきになり、懐妊したので屋敷から出して、名もよしのと改めさせて、市ヶ谷田町《たまち》に住まわせたようでございます」

「よくある話じゃ。妻が悋気《りんき》深いと、たいがいそうなる。ふうむ、それで……?」

「赤児は昨年の四月に生まれて、七宝丸《しちほうまる》と名づけられたよし……」

「ほう。しちほうまる……七つの宝と書くのかえ?」

「さようで……」

「ふむ。よほどに大切な子であるような……。ふうむ……、その小笠原……か。もしや、初めての男児でもあったのか」

「これはまた、お鋭い。お察しのとおり、小笠原さまと奥方との間には、子がおらぬのでございます」

大岡の老人とも思えぬ鋭敏さに、再び舌を巻きながら、勘兵衛は、思い描いていた話の順序を少し変えた。

「小笠原さまの奥方は八重《やえ》というのですが、実家は、島田権三郎《しまだごんざぶろう》というて、小十人組の組頭でございます」

「なに。小十人組の組頭で、島田とな……」

大岡が首を傾げたのを見て、勘兵衛はしばらくことばをとめたが、ややあって、再び話を続けた。

「で、その八重ですが……、夫との間に子ができぬので、末弟にあたる島田新之助《しんのすけ》という者を、小笠原家の養子に迎えん、と考えていたようです」

「おう、なるほど、そんな矢先に、よしのが男児を産んだというわけか。ふむ、ふむ。なにやら先が見えてきたような……。ところで、その島田権三郎か、もしや屋敷は深川のほうではないか」

「はい。たしかに屋敷は深川五間堀近く……。大岡さま、もしやご存じよりのお方でございましょうか」

となると、この話を大岡にしたのは、まずかったかもしれない。

「いや。その名に覚えがあっただけじゃ。というのも、つい六年前までは、わしは新御番の頭《かしら》をしておったでな」

大番（大御番）が老中支配で、江戸城二ノ丸の警衛と京大坂の在番を務めるのに対し、新番（新御番）は、将軍が外出時や鷹狩りなどのときに、その前駆を務めるのが役目である。

一方、小十人組は歩行の士で、やはり将軍外出時には行列の先に立つ。

そんな機会に、大岡は何度か島田権三郎の名を耳にしたと言った。

「実は、それだけではない。わしが新御番の頭になる前は、二年ばかり目付の職にあってな。その目付の後任が、島田権三郎の件で相談にやってきたことがある」

「それは、また奇縁と申しましょうか……」

「まさにな。で、その相談というのが、ほかでもない。深川の島田の屋敷の中間《ちゆうげん》部屋で、ときおり賭博がおこなわれている、との噂を聞いたが、いかがいたしたものか。

というものであったのだ」

（縁《よすが》の糸で結ばれているような……）

勘兵衛はつくづくと、そう感じながら言った。

「で、いかがなされましたか」

「わしが覚えでは、島田権三郎は実直そうな男であった。それにもう、かなりの年寄じゃ。博奕《ばくち》はいかさま御法度なれど、深川は江戸であって、江戸の外……。しかも中間が小遣い稼ぎに、中間部屋を貸すことも多い。じゃが、それでも使用人の監督不行届ということになって、改易にでもなれば目覚めが悪い。大目に見てやってはどうじゃ、と言うておいたのじゃがな」

「いや、たしかに、そうでございましょうな。いたずらに罪を作るばかりが御政道というものでもありますまい」

「わしもそう思うたのじゃが、はて……」

大岡が顔を曇らせた。

「大岡さまが、そのことをご存じならば、話は早うございます。実は、今も島田屋敷では賭場が開かれておりまして、それを取り仕切っておるのが、先ほど申した島田新之助なのでございます。もっとも、実際に賭場を仕切るのは、深川の顔役で十手も預かっている、内実はやくざの彦蔵《ひこぞう》と、その子分たちでありますが」

「そりゃ、そうだ。賭場を開くのが、やくざの生業《なりわい》じゃからな。深川にはかぎらず、町奉行所の手入れが入らぬように、旗本の中間部屋や、寺を使うものと相場は決まっておる。しかし、そうか……、旗本の子が、それを承知で荷担しているとなると……」

大岡が、むずかしい顔になり、続けた。

「で、そのことと捨て子に、関わりはあるのか」

「ま、多少は……。その前に、どのようないきさつがあったかを、ご説明いたしましょう」

「うむ。そうしてくれ」

「実は、大番組頭の小笠原久左衛門どのは、この春に京在番となられて、江戸を発たれたそうで」

「ほう」

「さて、それから日も空けずして、市ヶ谷田町のよしの元へ、小笠原家から迎えの駕籠がきて、母子ともどもに屋敷に迎え入れるとの沙汰があったよし」

「ふうむ……」

「よしのは、これを怪しみ、とっさに七宝丸を、十七歳になる小女《こおんな》で、ひろという娘に預けて、赤児を麹町にある実家に連れていき、事の次第を知らせよ、と命じたようでございます」

「………」

大岡は、いつの間にか腕組みをして、目を閉じ、勘兵衛の話を聞いていた。

「で、よしのは、赤児のかわりに座布団を丸めたものを胸に抱き、迎えの塗駕籠に乗ったといいます」

「ふむ。なかなか、心利きたるおなごじゃ」

目を開いて、大岡が言った。

「ところが、その折に、小女の姿が見えぬのに気づいた者がおりました。それが、前もって周辺の見張りをしていた島田新之助と、やくざの彦蔵の手下で寅次《とらじ》という者の二人……。やがて、日暮れを待って赤児を抱いて出てきた小女を、二人は襲って、これを拉致《らち》したという次第……」

「待て待て。そこのところが、もひとつわからぬ。小笠原の奥である八重と、その実弟である新之助が手を組んでの大狂言、その目的は七宝丸を害することにあろう」

「ご賢察のとおりにございます」

「それが、なぜ、七宝丸は浅草などに捨てられておったのじゃ」

「そこでございます。いやはや、不思議な成り行きではございますが、赤児を抱いて外に出た小女は、迫りくる賊に気づいて逃げ出した。しかし、赤児を抱いたままでは逃げきれぬと悟り、つい近間の川舟に赤児を隠した次第。おそらくは、逃げきったのちに取りにくるつもりでおったのでしょうが、あえなく捕らえられた。おそらく新之助も寅次も、暗闇のゆえに、小女の手に赤児がゆだねられていた、などとは気づかなかったと思われます」

「ううむ……」

再び、大岡の目は閉じられている。

日暮れもよほどに近いのか、部屋にはだんだんに夕闇が増してきた。

「さて、川舟に残された赤児ですが、その船の船頭は、浅草の新堀川沿いに住まいいたす者にて、我が舟に赤児が積まれていることなど露知らず、神田川に漕ぎ出して帰路についた。ところが、途中で赤児が泣きだして、これに気づき、とりあえず家に連れ帰ったが、ほとほと困り果てて、翌早朝に、近くの堀田原へ置き去ったという次第でございます」

大岡が目を開いて、腕組みを解いた。

「いやはや、奇妙奇天烈なる成り行きであるのう。それを、そなたに拾われたか。いやいや、七宝丸というは、よほどの強運の星の下《もと》に、生まれ落ちたものらしいの。なるほど、そうか、赤児の襁褓が、ふんどしのぐるぐる巻というのは、その船頭の手になったゆえじゃな」

「さようで、ございます」

「それにしても、そなた、よくぞ、そこまで調べ上げたものじゃな。いや、感服のいたりじゃ」

「いえ、とてもとても……。拙者一人の力では、どうにもならなかったでしょう。これはひとえに、六地蔵の親分と、もう一人、本庄あたりを根城にして、本庄奉行所同心から十手を預かっている、仁助《にすけ》という者の働きによるものでございます」

「ほほう、本庄の……。ふうむ、いや、そなたの人脈の広さには、あきれるばかりじゃ」

「いえ、たまたまのことで、ございますよ。実は深川の破《や》れ寺で、拉致された小女の死体が見つかりました。その探索にあたったのが仁助でありまして」

「そうか。やはりのう。いや、そうでなくては、理屈は合わぬ。まさに、そなたから聞いた姉弟《あねおとうと》の企みは、小笠原が京在番で留守のうちに、よしのに七宝丸、それに小女と皆殺しにしようというものじゃ。さすれば、神隠しというあたりに落ち着いて、自分たちが疑われることはない、と踏んだのであろう。いやはや、とんだ悪巧みよな」

「拙者も、そう思いまする」

「おそらくは、よしのもすでに殺されて、小笠原家の庭にでも埋められておろうよ」

「御意」

「ところで、確たる証拠はあるのか」

「は。小女を殺した張本人は、先ほど申しました、寅次と判明しております。しかし、これを捕らえて白状させても、少しばかり迂遠《うえん》、それで一工夫をいたしました」

「申してみよ」

「は。それが島田屋敷でおこなわれる賭博でございます。実は拙者、先日に火盗《かとう》改方《あらためかた》の岡野《おかの》さま役宅にまいりまして、子細を打ち明けてまいりました。今ごろは、火盗の手の者が準備万端整えて、島田屋敷や彦蔵の周囲を見張っているはずでございましょう」

「なるほど、火盗ならば、旗本屋敷にも踏み込めよう。火盗の調べは熾烈《しれつ》を極めるからな。寅次は、腹の底まで吐くであろうよ。ふむ、そういうことか。あとは火盗にまかせておいてもよかろうが、次に旗本を調べる段ともなれば、こりゃあ、目付が関わってくる。それで念には念を入れて、前もって目付の耳にも入れておこう、という算段だな」

「仰せのとおりでございます。お手を煩わせて、申し訳ございませぬが」

「なんの。そうか。いや、丁寧な仕掛けじゃのう。うむ。わしゃあ表立てぬが、ふむ。

陰でちょこちょこっと、な、ふむ、一口乗せてもらおうかい」

「………？」

そのとき、階段を踏む足音が聞こえた。

顔を現わしたのは、この家の女主人であるしのぶであった。

手燭を持っていた。

「ずいぶんと、暗うなりました。灯《あか》りをお入れいたします」

「すまぬな」

大岡が言い、火を行燈に移し入れ終わったしのぶに、

「しのぶ。そろそろ酒《ささ》の用意に、かかってもらおうか。冷やでよいぞ。それぞれ勝手にやるから、そのつもりでな」

「かしこまりました。しばしのお待ちを」

ひっそりと、部屋を出ていった。

3

しのぶの姿が消えるのを待って、勘兵衛は大岡に尋ねた。

「大岡さまが、一口乗ろうと、おっしゃいますのは、やはり、小笠原さまの今後のことでございましょうか」

大岡は、にやりと笑い、

「さすがに聡《さと》いのう。八重に刑罰が与えられるのは、当然のことじゃが、そのとばっちりを食って、小笠原の家が改易にでもなれば、あまりに気の毒じゃ。七宝丸の将来にも関わることじゃしな」

「実は拙者も、そのことで心を痛めておったのです」

「なにも小笠原の家だけではないぞ。新之助のせいで、島田家も無傷ではすむまい」

「…………」

この時代、刑罰は、その家族にも及ぶ連帯性であった。

「それゆえな。ま、なにかうまい手はないか、ちょいと、この年寄が出しゃばってみようか、などと考えておるのよ」

大岡は、小笠原、島田の両家の存続を模索するつもりらしい。

「もし、そのようにできるのなら、拙者の気持ちも楽になり申す。すべて大目付さまにご一任申し上げますので、よしなにお取りはからいくださりますよう、よろしくお願い申し上げます」

勘兵衛は、正座に戻って深ぶかと頭を下げた。

「心得た。というより、きょうのわしゃあ、この家の隠居ぞ。おい、足を崩せ、堅苦しいことばづかいも改めよ。それでのうては、酒がまずうなる、というものじゃ」

言って、大岡は声に出して笑った。


そのころ——。

飯田坂途中の天水桶のところから、斜めに［若狭屋］を見下ろしていた条吉が、

「お！」

小さく声をあげた。

［若狭屋］からひとが出てきたと思ったら、一人は庇下にかかる紺色暖簾をはずし、一人は看板下に吊り下げている飾り看板をはずし、次には二人がかりで。階段横の置き看板をしまいこもうとしている。

（おやおや……）

そろそろ、暮れ六ツ（午後六時）の鐘が鳴ろうかというころ合いだが、店じまいには早すぎるように思える。

それで改めて気づいたのだが、もうすっかり日暮れて、この坂を上り下りする人影

も、めっきりと数を減じている。

改めて周囲を窺うと、大半の商店が店じまいに取りかかっていた。

（つまり……）

昨日は、日暮れ前に見張りをやめたので知らなかったが、この町は、それが日常のことなのかもしれない。

（と、なると……）

人通りも絶えはじめた、こんな場所で苗売りなどしていると、たちまちに怪しまれる、と条吉は思った。

それで条吉も、店じまいをはじめた。

といっても、小箱を風呂敷に包むだけのことだ。

（落合勘兵衛は……）

いまだ出てこぬ。

条吉は、未練がましく、のろのろと動いて、［若狭屋］が大戸を下ろしてしまうまで待った。

その間に、暮れ六ツの鐘が鳴った。

（さて、どうしたらええのか？）

条吉には、決心がつかなかった。

（そろそろ、夕餉の時刻だ）

今すぐにも、潜り戸から落合勘兵衛が姿を現わすような気がする。

坂下の通りには、灯りがぽつぽつと増えはじめ、まだ人通りも多い。

（よし。あとしばらくは、あそこで待ってみよう）

それでも出てこなければ、あきらめるほかはない。

旦那からも、落合勘兵衛のことはもうよい、と言われていた。

条吉が塒《ねぐら》としている深川二郎兵衛町《じろべえちょう》まで、ここから一里半ほどはあろう。

そう、いつまでも見張るわけにはいかなかった。

風呂敷包みを提げて、条吉は坂を下りはじめた。

ときおり立ち止まって、後ろを振り返る。

坂に落合勘兵衛らしい姿は、見当たらない。

組橋の袂《たもと》で、障子に〈けんどん〉と書かれた屋台蕎麦が、店開きの支度をはじめていた。

条吉は、そこから少し離れた、水際に植わった柳の木のほうへ向かった
それから、地面に風呂敷包みを置き。柳の下にしゃがみ込んで一服《いっぷく》点けた。

ちらちらと、坂上を確かめながら、風呂敷の結び目を解く。

そして人目につかぬように、苗をひとつ、またひとつと飯田堀に投げ込んだ。

元より、苗でもなんでもない。

それらしく見える雑草を、適当に土ごと掘ってきたものだから、荷物にするだけ損であった。

この飯田堀は、現代では日本橋川と名を変えて、全流路の上には首都高速道路がめぐらされている。

やがて、すべての雑草は堀を流れていった。

残る小箱を、柳の木の裏側に押しやり、条吉は立ち上がると、風呂敷をぱたぱたやったのちに、畳んで懐にしまった。

屋台蕎麦の支度も終わったようだ。

条吉は、屋台に向かった。

「一杯、もらおうか」

このところ条吉は、できるだけ越前訛《なま》りが出ないように、気をつけている。

「すまねぇな。まだ湯が沸ききっていねぇんだよ」

屋台の親父が、すまなそうな声を出した。

「ふうん。どのくらい、かかろうね」

「あと、ちょいというところだが」

「そうか。ふん。酒はあるのかい」

「冷やでよければね」

「じゃ、それでも飲みながら、待つとしようか」

「そうしてくれるかい」

茶碗に、なみなみと注がれた酒が出てきた。

「蕎麦は、かけでよござんすか」

「うん。それでいい」

屋台を右に、横向きに立って、酒をちびちび飲みながら、条吉は横目で坂上を窺っている。

やがて――。

「待たせて、すまなかったな」

親父の声がした。

条吉は、残りの酒を飲み干した。

「待たせちまったから、花巻《はなまき》（焼き海苔）とかまぼこをおまけしといたよ。〆《しめ》て二十三文でいいや」

「そりゃ……すまねぇな」

江戸弁を真似てみたが、我ながらぎこちないと思いながら、条吉は懐から巾着を取り出した。

蕎麦が十六文とすると、酒が七文……、ずいぶんと安いが、このころ、下り酒以外の安酒なら、一升が四十文ほどで買えるから、十分に利益が出るのであろう。

勘定を支払い、相変わらず横向きで蕎麦を食った。

ついに、落合勘兵衛は現われない。

(あきらめるしかないな)

坂上には、まん丸な満月が光っている。

4

店じまいをするらしい物音が、階下から聞こえてきたあと——。

[若狭屋]二階座敷には、まず数種類の酒肴が調《ととの》えられた膳が、それぞれの前に置かれ、次には、酒が運び膳で届いた。

運び膳には、五合ほどはたっぷり入ろうか、という白鳥徳利が二本と、酒盃が乗っている。

単に、白鳥、とも呼ばれる白鳥徳利は、普通は白い陶製で、首が長くて白鳥に似ているところから、そう呼ばれる。

だが運ばれてきた白鳥には、白地に青の絵付けがあった。

階段取っつきの襖の際《きわ》に置かれた運び膳から、しのぶは一本を両手にして、まず勘兵衛の箱膳の横に置いた。

「いや、いたみいる」

頭を下げた勘兵衛に、

「どうぞごゆっくり、いくらでも、お代わりをお申し付けくださいな」

しのぶは言って、大岡のところにも白鳥を運び、次には酒盃を勘兵衛の膳、大岡の膳へと置いた。

あくまで、勘兵衛を客としてもてなしているのだ。

「お酌をいたしましょうか」

しのぶが言うのに、大岡は、

「かまわんでよい。各各《おのおの》に手前酌でいこうぞ」

勘兵衛もうなずいた。

うなずいたついでに、

「いや。このように美しい酒盃は、初めて見ました」

酒盃を手にとって、素直に感想を述べた。

純白透明な色合いは、陶器にはない輝きに満ちており、表には急流に浮かぶ椿のひと枝が、赤、青、緑、黄の配色で描かれている。

「ふむ。こりゃ、色鍋島《いろなべしま》のぐい呑みじゃ。肥前鍋島藩から、将軍家への献上品じゃが、わしがところにもまわってきてな」

「ははあ、これが鍋島焼でございますか。いや、見事なもので……」

今でいう、伊万里《いまり》焼であった。

「ま、盃で酒の味が変わるでなし、それ、さっそくにやろうぞ」

大岡が白鳥の首をつかみ、もう一方の手を底に添えて、徳利を傾けている。

勘兵衛は言った。

「いやあ、このような美盃で飲めば、酒の味も倍増いたしましょう」

すると、しのぶは口元を袖口で隠して笑ったのちに、

「すぐに、二の膳もお運びいたしましょうほどに、どうぞ、ごゆるりとなされませ」

まるで武家女中のような言葉づかいをしたのちに、静かに部屋を出た。

「ほれ、飲もうぞ。盃を満たせ」

「あ、はい」

勘兵衛も、白鳥を傾けた。

それぞれに、色鍋島のぐい呑みを少し掲げたのちに、一口飲み、勘兵衛は言った。

「いや、やはり、酒の味も一段と……」

「そうかえ。ふふ……。遠慮はいらぬゆえに、どんどん飲んで、どんどんと食え」

「は。では、おことばに甘えて」

そして何気なく手にした箸を見て、

「やあ、これはまた見事な箸でございますなあ」

金銀や夜光貝などが螺鈿《らでん》された、美しい塗箸であった。

「いちいち感心するまでもないわ。なんというても、ここは箸問屋じゃぞ」

「それは、そうでございましょうが……、なにやら使うのが、もったいないような」

勘兵衛は小さいころから、父の孫兵衛《まごべえ》が内職で、竹箸を削り作るのを見ながら育ってきた。

それゆえに、やや憚るような気持ちになるのが、正直なところであった。

「これは、若狭箸というのじゃ」

「ああ、これが……。たしか、小浜《おばま》の特産でございましたな」

若狭国は、勘兵衛たち越前国の隣りの国であった。

「さよう。なんでも明《みん》から伝わった存星《ぞんせい》の手法や沈金《ちんきん》、螺鈿の技を手がかりに、編み出された若狭塗が施されておるのじゃ」

「ははあ。それにしても見事なもので……」

なるほど［若狭屋］の名は、ここからきたか、と勘兵衛は思った。

そうこうするうちに足音がして、しのぶが二の膳を運び入れてきた。

「おい、しのぶ。落合どのが、若狭箸をたいそうお褒めじゃ」

「それは、それは、ありがとうございまする。お気に召しましたようなら、土産に一膳差し上げましょう」

「とんでもない」

「ご遠慮なさいますな。なにしろ、売るほどにございますから」

それを聞いて、大岡が言う。

「ほう、珍しい。しのぶが軽口を叩きおったわ。落合どの、遠慮せずに、もろうてやれ」

「は。では、遠慮なく……。家宝にでもいたしましょう」

「ま、家宝などと……大仰《おおぎょう》な」

またしのぶは、袖口を口にあてて、軽く笑った。

「そうじゃ、落合どの。わしからも土産を渡そう。しのぶ、ちょいとこれへ」

大岡が言って、帯に手挟《たばさ》んでいた扇子を、しのぶに手渡した。

しのぶが、それを落合のところに持ってきた。

「鉄扇でございますな」

親骨に鋳造鉄を使い、黒呂色《くろろいろ》漆に仕上げられている。

長さは八寸（二四㌢）、重さは三百匁（一・一㌔）ほどもあろうか。

「つい先ほど、そなたの扇子を見たが、あの埋忠明寿には、そちらのほうが似つかわしかろう。永年身につけた品だが、寄る年波には勝てぬ。近ごろは、少少持てあましはじめていたところだ。どうかもらってはくれまいか」

大岡が言うのに、

「は。それでは遠慮なく。大切に使わせていただきます」

勘兵衛は、押し戴いた。

鉄扇は、護身用だけではなく、手首の鍛錬にも使われる。

そろそろ……と考えていた品であった。

しのぶが置き行燈の芯を掻き立てて、部屋には、にわかに明るさが増した。

そのしのぶが退室したのちに、雑談をしながら、酒を飲み、料理を食った。

そんなさなか、ふいに大岡が言った。

「ところでな。そなた、先ほどのしのぶをどう見たな」

「さて……」

勘兵衛は、大岡の真意をはかりかねた。

それで、あたりさわりのない、感想を述べた。

「どことのう、気品が漂う女性《にょしょう》のように思われますが……」

「ふむ」

大岡は、深くうなずき、

「わしには、娘同様に思える女でな」

ことばを途切らせ、ことばを選ぶように言った。

「実は……の。あのおなごの素性については、わしゃ、これまで誰にも打ち明けたことはない。妻にも、伜にも……じゃ」

「はあ」

いったい、なにを言いだそうとするのか。なにゆえに……。

5

行燈の灯心が、じりじりっと音を立てた。

しばしの沈黙ののち、大岡が言った。

「しのぶの素性について、いずれは、誰かに告げておかねばならぬと思うていた。もはや、それを知っておるのは、わしだけゆえにな」

「………」

（それを、俺にか……）

わけがわからぬ。

妻子にも告げられぬことを、なにゆえ自分に……。

勘兵衛は、とまどうほかはない。

（もしや。しのぶは、大岡さまの隠し子でもあろうか）

そんなことも、勘兵衛は思った。

だが――。

「知ってもおろうが、わしゃ、酒井忠清を敵と思うておる」

突如として大老の名が、またも出てきた。

そのことと、しのぶが、どう繋がるというのか。

「飾らず白状するが、それには、わしの私怨が含まれておる。いや、はっきりと私怨じゃ」

「ははあ……」

「いきなり、こんなことを話されては迷惑じゃろうが、ま、隠居の戯言《たわごと》と思うて、聞いてくれい。なに、それで、どうこうしろというのではない。そなたの胸ひとつに収めてもろうてよいのじゃ」

「ははあ……」

ほかに、返事のしようもない。

「というのもな。あの、しのぶ、そなたと縁がないでもない」

「え」

「驚いたか。いやな、そなたから文をもろうて、そうじゃ、そなたに聞いてもらおう、と、勝手ながらな。ま、天啓のように思うたのじゃ。実はな、あのしのぶは、そなたのところの仙姫《せんひめ》さまの姉君にあたるのじゃ」

「えっ！」

　勘兵衛は、瞠目《どうもく》した。

　仙姫は、若君である松平直明の正室である。

「それは、まことでございますか」

「まちがいはない。それこそ、長い話になるほどに、ま、飲み食いしながら話そうぞ。

なに、世間話のつもりで聞いていてくれればよい。うん、それでよいのじゃ」

　自らに言い聞かせるように言うと、大岡は白鳥を傾け、ぐい呑みに満たした酒を一口飲んだ。

　勘兵衛もまた、思いがけない高ぶりに満ちた胸をなだめるように、酒を口にした。

「仙姫の実父は、酒井忠朝《ただとも》というのじゃが、そのことは知っておるか」

「はて……」

　勘兵衛は、首を傾げた。

「若殿のところに仙姫さまがお輿《こし》入れなされたのは、たしか六年前……、そのころ拙者は、故郷の大野にて、まだ御役にもつかない少年《こども》ゆえ、それほど詳しくは知りません。しかし……たしか仙姫さまは、大老の係累だと聞き及んでおりましたが……。その姫を、伊予松山の、松平隠岐守《おきのかみ》さまの養女としたうえで……と聞いております」

そのとき、若殿の直明は十五歳、仙姫は十二歳であったが、いわゆる〈仰せ出されの婚姻〉であると、上司の松田から聞いていた。

これは、公儀から下される結婚管理法で、否も応もない。

「ふむ。忠清らしい、やり口よ」

言って、大岡はぐびりと酒を呷り、また白鳥を傾けた。

勘兵衛も酒肴を口に運び、ぐい呑みを傾けた。

大岡が言う。

「たしかに仙姫は、忠清の係累にはちがいない。酒井の家は知ってのとおり、徳川譜代の名門の家じゃ。ゆえに御家門に次ぐ家格を与えられておる」

勘兵衛は、故郷の家塾で教えられたことを思い出しながら答えた。

「は、家康公側近の武将のうちでも、酒井忠次《ただつぐ》さまは徳川四天王の筆頭、と教わりました」

大岡は小さく笑い、

「ふむ。そこのところは、ちと、ちがうぞ」

「ちがいましたか」

「うむ。先祖は同じではあるが、酒井家には、代代が左衛門尉《さえもんのじよう》を名乗る左衛門尉家と、雅楽頭《うたのかみ》を名乗る雅楽頭家の二流《ふた》れがある。徳川四天王の酒井忠次さまは、左衛門尉家のほうであるが、忠清や仙姫は雅楽頭家の系列になる」

「ははあ、さようでございましたか」

大野藩耳役となってから、幕府ご重役のことはずいぶんと勉強をしたつもりの勘兵衛であったが、そのような細かなところまでは知らなかった。

「ついでに言うておくと、雅楽頭家にも宗家と別家がある。今の大老は、宗家の四代目にあたる」

「なるほど……」

「さて、さて、どこから話せばよいものか……。ふむ、まずは仙姫さま、そしてしのぶの実父である、酒井忠朝のことじゃが……」

「はい」

「忠朝は、雅楽頭家の別家のほうよ。忠朝は……。わしが忠朝に初めて会うたのは、わしが十八のときでなあ」

大岡が、遠くを見つめるような目になった。

「ほれ、先ほどに言うた、この坂下の小野忠常さまの道場にな……」

「小野派一刀流の、本家の道場でございますな」

「そうじゃ。そこに入門してきよったのよ。わしより八つ年下の十歳で、まだ隼人《はやと》と名乗っておったころじゃ。それをな……ふむ。年長のわしが、剣の手ほどきをすることになったのじゃ」

「つまり、同門の弟弟子でございますか」

「そうよ。きれいな目をした賢い子でのう。わしを兄のように慕うてくれた……」

ふと天井を見上げ、ことばを途切れさせたのは、旧懐の涙でも滲んだのであろうか。

ややあって、大岡は白鳥から、ゆっくりとぐい呑みに酒を注いだ。

「ちょいと、わしのことも言うておかねばならぬな。わしは大岡忠世《ただよ》の嫡男に生まれたが、四歳のときに、伯父の大岡忠行《ただゆき》が大坂夏の陣にて討ち死にをしたでな。それで、父がその伯父の家督を受け継ぎ、わしは父母と離れて父の家督を継いで、伯母上がわしの養母となった。いわば養子に出されたも同然なのじゃ」

(わずか四歳で……)

「養母は、わしを大事に育ててくれたが、もはや、弟ができるはずもない。実父母のほうにも、その後は子宝に恵まれず、忠真《ただざね》という弟がようやくできたのは、なんと、わしが二十七になってからのことじゃ」

ちなみに、この忠真の娘と婚姻して養子に入ったのが、後世に町奉行大岡越前で知られる大岡忠相である。

「そのようなわけで、わしゃ、兄も弟もなく、さびしい子供時代を過ごした。そんなこともあってか、わしゃ、隼人のことが実の弟のように思えてな」

勘兵衛には、その心情がわかるような気がした。

「一方、隼人のほうも嫡男ゆえに、兄がおらぬ。同腹一心《どうふくいっしん》といおうかの。わしと隼人は、ひそかに義兄弟の契りを結んでおった。あの暴れ者の加賀爪甚十郎も、隼人のことを気に入っての。うむ、きゃつも一人息子で、弟がおらなんだからな。隼人には、供侍がつけられておったが、ときおりは裏口から出て供をまいての、三人で遊んだものよ」

十八と、十九の若者が、十歳の少年を連れて兄貴面《あにきづら》をする……。

そんな光景を想像して、勘兵衛は頰笑《ほほえ》ましい気分になった。

「やはり、菜飯茶屋などに行きましたのか」

「いや……」

大岡は首を振った。

「なにしろ隼人は、本丸年寄の嫡男であったからな。さすがに甚十郎も、ただ飯《めし》をする姿は見せなかった。隼人の前では、おとなしいものよ」

大岡は笑ったが、勘兵衛は、

（はて、本丸年寄？）

今の老中のことか――。

すると、仙姫やしのぶの父は、幼名を隼人、長じては酒井忠朝で、その父親というのは……？

今しばし、大岡の話を聞くほかはない。

数奇な運命

1

大目付の大岡忠勝と、勘兵衛の会話は続いている。

今、大岡が昔語りをしているのは、忠勝が十八歳のとき……すなわち五十年ほども昔の寛永《かんえい》五年（一六二八）のことである。

そのころ幕閣の中枢は、門閥譜代の大名で固められていたが、徳川家康が征夷大将軍に任じられてから、まだ三十年足らず……。

幕府の行政組織は、いまだ、はっきりとは、かたまらない時代であった。

たとえば、老中という呼称が使われはじめたのは寛永も半ばころからで、それまで同職のことを、旗本の間では年寄衆と呼びならわしている。

また、大老、若年寄という職名も、まだこのころにはない。

従って、大岡の会話のうちには、読者の方がたには、あまり馴染みのない用語も出てこようから、あらかじめ、簡単に説明をしておくのがよかろうかと思う。

二代将軍の徳川秀忠が、将軍職を三代家光に譲って西の丸に隠居したのは、元和《げんな》九年（一六二三）のことだが、その実権は秀忠が握り続けている。

いわゆる大御所《おおごしょ》政治と呼ばれる、二元政治であった。

それゆえに、このころの幕閣の情勢は、まことに複雑だ。

西の丸に移った大御所秀忠の年寄衆がおり、本丸の家光にも年寄衆がおり、さらには家光補佐の名目で、大御所の年寄を家光につけてもいた。

また家光は年寄衆の下に、側近のうちより補佐的な役職を創設しはじめる。

それらの各役職への着任時期については、考証史料において、かなりの相違がある。

そこで、本物語では江戸幕府諸役人の任免を記した『柳営補任《りゅうえいぶにん》』を基礎として、三上参次著の『江戸時代史』と、内藤耻叟《ちそう》著の『徳川十五代史』ほかを参考に書き進めたいと思う。

さて、話が錯綜しそうなので、寛永五年末時点の幕閣について、表にまとめてみた（130ページ）。

元和九年、三代将軍職についた家光は、さっそくに自らの年寄衆を抜擢した。

それが、当時、川越藩主であった酒井忠勝《ただかつ》、春日局の子で、家光の乳兄弟として育った稲葉正勝《いなばまさかつ》、家光の傅役《もりやく》で教育係であった内藤忠重《ないとうただしげ》の三人であった。

この三人に、秀忠側近だった酒井忠世《ただよ》が横滑りして、筆頭年寄として加わっている。

これよりのち、話が入り組むのを避けるため、便宜的に年寄衆を老中と言い換えて、物語を進めよう。

「すると、その隼人さまとは、御老中であられた酒井忠勝公の御嫡男でございましたか」

勘兵衛が確認したのに、大岡はうなずいた。

「うむ。先ほどに言うた、雅楽頭家別家のほうで、筆頭老中の酒井忠世は、雅楽頭家宗家の当主じゃ。ついでに言うておくと、今の忠清は、この酒井忠世の孫にあたる」

そろそろと大岡も、ほろ酔いになったか、ところどころにエピソードも挟まるのだが、これは適宜に整理して、要所要所で語らせてもらうことにしよう。

ここで、まず述べておかなければならないのは、若きころの大岡忠勝が、初めて隼人少年に出会った年の五月に、家光の小姓組番頭のうちから、堀田正盛《ほったまさもり》が老中補佐の

寛永５年末の幕閣

- 大御所秀忠
  - 西の丸年寄
    - 土井利勝
    - 永井尚政
    - 青山忠俊
    - 青山幸成
- 将軍家光
  - 本丸年寄
    - 酒井忠世（秀忠からの付家老）
    - 酒井忠勝（元和９年12月就任）
    - 稲葉正勝（同上）
    - 内藤忠重（同上）
  - 家光側近（小姓組番頭兼帯にて御旗本総支配）
    - 堀田正盛（寛永５年５月就任）
    - 松平信綱（寛永５年12月就任）
    - 阿部忠秋（同上）

ような役目で幕閣入りしたことである。

この堀田正盛は、家光の乳母であった春日局ゆかりのひとで、春日局が権勢をふるっていたことを考えれば、この人事にも納得がいく。

だが、小姓組番頭を兼ねたまま幕閣入りした正盛に、これといって仕事はない。

それで、その年も暮れになって、新たに小姓組番頭の内から、松平信綱、阿部忠秋を同役に迎えて、この三人に御旗本総支配という名目を与えている。

のちには、これに三人を加えた六人に、〈旗本を支配し、また少少の御用の儀は、六人相談のうえ上決《じょうけつ》せよ〉と定めて、これを六人衆と称させた。

この六人衆こそが、のちの若年寄に相当する。

さて、その六人のうちで、特筆すべきは、知恵伊豆と呼ばれてのちに老中になる、松平信綱であろう。

信綱は、三河で代官職にあった大河内久綱《おおこうちひさつな》の長男として生まれたが、六歳のとき、秀忠政権下で勘定頭の要職にあった、叔父の松平正綱《まさつな》の養子になった。

実父の久綱の弟である正綱は、徳川氏傍系の〈十八松平〉のひとつ、長沢松平家に養子で入り、家康の側近になっていたのである。

そして家光が生まれると、信綱は直ちに召し出されて小姓となる。それが九歳のときだった。まさに、幸運の星を握りしめて生まれたような人物であったのである。

その信綱を、大岡が蛇蝎《だかつ》のように嫌うわけも、まもなく大岡の口から語られるであろう。

ところで――。


その夜も、六ツ半（午後七時）を過ぎたころ――。

深川二郎兵衛町《じろべえちょう》にある、［よしのや］楢七《ならしち》の寮（別荘）から、一人の男が河岸道に滑り出た。

［よしのや］は、浅草・平右衛門町《へいえもんちょう》にある船宿だが、大和郡山藩分藩の御用船を預かっている縁で、このところ寮は、そこの江戸家老に貸し出されている。

ところが寮に屯《たむろ》しはじめたのが、得体の知れない浪人者たちだったので、近隣の漁師町の住人たちは、気味悪がっていた。

夜空からは、満月が耿耿《こうこう》と光を投げかけてきて、かすかに風が運んでくる潮の香のなかで、静かに流れる大川の水が、冷たく白い月光をはじき返していた。

その大川端に、いま出てきた人影は、闇に溶け込みそうな黒の単衣《ひとえ》の着流しで、痩身に黒鞘の刀を落とし差しにしている。

それだけなら、どうということもないが、昼間でもないのに、これまた黒漆をかけたらしい深編笠姿であるのが、いかにも怪しい。

河岸道に人影はなかった。

漁師町の小屋同然の住居から、ぼんやりと灯りが漏れており、ときおり、子供の騒ぎ声が届くだけだ。

満月を愛でようというのか、男は、ふと深編笠に手をかけて頤《おとがい》を挙げた。

そのとき、月光が、男の左頬に刻み込まれた醜い傷跡を照らし出した。

男は――。

かつて、越前大野藩で郡《こおり》奉行を務めていた山路帯刀《たてわき》の一子、山路亥之助であった。

父は、国家老と結託していた銅山不正を暴かれて斬殺され、亥之助は闘争の末に故郷を逐電《ちくでん》した。

今は、名も熊鷲三太夫と変名して、大和郡山藩分藩の江戸家老のもとで、極秘の任務についている。

しばし、月を望んだのちに、亥之助は月光に濡れる河岸の道を上流へと向かった。

（条吉め……）

きょうにかぎって、遅いではないか。

条吉の戻りを待っていた亥之助だったが、

(えい。今宵は、一人でまいろう)

そう決めて、寮を出たのである。

2

長らく江戸を離れていた亥之助が、再び江戸の地を踏んだのは、ちょうどひと月前のことである。

手下に使っている条吉とも、二ヶ月ぶりに再会した。

亥之助が、三年前の春に越前大野を脱するときに、仲間は二人いた。

そのうちの長谷川《はせがわ》八百三郎《やおさぶろう》は、この江戸で上意討ちの討手の手にかかった。

いま一人の春田《はるた》久蔵《きゆうぞう》は、昨年に芝の三田《みた》にある、とある屋敷で落ち合うはずが、行方《ゆくかた》知れずになっている。

久蔵だけではなかった。

つい最近になって知ったのだが、同じ時期、久蔵同様に失踪した者がいる。

うち一人は小泉《こいずみ》長蔵《ちようぞう》といって、越前大野藩の国家老だった小泉権大夫《ごんだゆう》の嫡男であった。

実は、その権大夫こそが銅山不正の首謀者であったのだが、これは、閉門中に毒殺されたようだ。

その子の長蔵が一昨年、若殿の付家老に返り咲いて、江戸に赴任した。

亥之助と久蔵が落ち合うはずの、三田のとある屋敷というのは、その長蔵が用意したものであった。

ところが、その小泉長蔵は、若殿付家老としてわずかに一年ほどで、若殿小姓組頭の丹生新吾《にうしんご》とともに、謎の失踪を遂げていた。

春田久蔵に加えて、二人……。

さらには、その後、丹生新吾の父母や弟たちもが、一家揃って大野を逐電して、行方不明になってしまったそうな。

丹生の一家のことはさておき──。

久蔵、長蔵、新吾の、三人の失踪時期が重なっていることが、亥之助には気になった。

必ずや、関連がある。

その裏側に、亥之助は落合勘兵衛の影を見ていた。

それで亥之助は、条吉に、その後の春田の消息や、三田の屋敷のことを調べさせていた。

（条吉は、よくぞ調べ上げた……）

亥之助は、そう評価している。

あの三田の屋敷は、肥前島原藩のお抱え能役者、大槻玄齊《おおつきげんさい》が賜わったものであったが、それを日本橋南町にある［千種《ちぐさ》屋］の斡旋で、小泉長蔵が借り受けていた、ということがわかった。

［千種屋］は、大野藩米を扱う米問屋であった。

条吉は、さっそく［千種屋］をあたったのだが、けんもほろろに扱われて、そこから先のことは、わからなかったそうな。

ところが、あきらめずに条吉がねばっていたところ、

――偶然にも……。

昼間っぱらから、おえんという踊り子を三田の屋敷に連れ込んでいた、大槻玄齊の倅の新八郎《しんぱちろう》に出会った。

――ほんでぇ、思いもせん成り行きで、高砂町のおえんの長屋で、一緒に酒を飲むことになったちゅうわけやざ。

越前訛りを、丸出しにして条吉は言い、

――で、その長屋には、おえんの兄貴だとえぇる寅次というのがおってぇ、新八郎さんが、おまえが知りたいことを教えてやるから、これから深川まで一緒に博奕をしにいこう、ということになったんやざ、よ。

その結果、条吉は、新八郎から次のような情報を得た。

それは昨年の六月ごろ、あの三田の屋敷について、大槻玄齊のところに調べにきた岡っ引きがいたというのだ。

それも――。

新八郎が言うには、

――火付盗賊改《あらためやく》役の手下だった。おまえは知らんだろうが、この火盗《かとう》というのは鬼よりこわい。おまえも、あまり深入りはせんほうがよい。

ということで、それから少したったころには、用済みになりましたので、三田の屋敷をお返しします、と大槻のところに［千種屋］が言ってきたという。

条吉から、それを聞いて亥之助は、

（火盗か……）

思わぬ伏兵に出会った気がした。

そして——。

（しばらくは、勘兵衛とは関わらぬのがよいのではないか）

と、考えるに至った。

その一方で、

——な、条吉。

——へい。

——その、博奕場というのを、覚えておるか。

——へい、ここから近《ちけ》ぇちゅうわけやでの。

——一度、その賭場というのを、覗いてみようか。

長らく無聊《ぶりょう》をかこっていたせいもあってか、亥之助はふと、そんな気になった。

——へ。さいころ賭博であるんざや、よ。

条吉が垂れ目を丸くしたのに、

——丁半であろう。覚えはある。

故郷を脱し、一時期匿《かくま》われた縁戚の旗本屋敷で、中間同士が手すさびにやってい

るのに、幾たびか加わった。

それで、条吉と二人、深川・五間堀端《ごけんほりばた》に建つ旗本屋敷の中間部屋で開かれる賭場に、

これまで二度足を向けた。

勝負は二度とも負けたが、亥之助は、ついぞ久しぶりに、血湧き肉躍るような興奮を覚えたものだ。

きょう、日暮れて「よしのや」の寮の二階部屋から、ふと満月を眺めて、

（きょうは十五日か……）

思ったとたんに、賭場のことを思った。

というのも――。

あの旗本屋敷では、五と九のつく日に賭場が開く。

そう気づくと、

（我ながら……）

亥之助は、またあの賭場を覗きたくなった。

ところが、きょうにかぎって、まだ条吉が戻ってこない。

待ってはみたが、なかなか戻らぬ。

それで、一人で出かけようと思った次第だ。

上之橋《かみのはし》を渡り、万年橋で小名木川《おなぎがわ》を渡った大川寄りに、伊奈《いな》家の舟番所がある。

亥之助は、顔を伏せるようにして足早に、それを背にした。

小名木川沿いには、町家が続き、河岸道にはぽつぽつと、提灯が揺れるのが見える。
少しは、人通りもあるようだ。
満月といっても、雲に隠れる場合もあるからだが、きょうの亥之助は無灯であった。
やがて小名木川に、左から六間堀川が注ぎ込むところがある。
それを小橋で渡ってから亥之助は、道を左にとって北進した。
左手には堀川、川向こうには伊奈半十郎《はんじゅうろう》などの旗本屋敷が塀を連ねる。
右手には、一万坪ほどはあろうかという空き地が広がっていた。
空き地というより、原と呼ぶのがふさわしかろう。
だから人っ子、一人いるはずはないのだが……。
(む……)
しかし亥之助は、その原に、人の気配を感じている。
足をゆるめることなく進みながら、横目に確かめたが、人影は見当たらない。
(気のせいか……)
やがて堀向こうの旗本屋敷の塀も尽き、町人地に変わった。
建ち並ぶ町家が、ぼうっと堀川に光を投げかけている。
右手の原も、そのあたりから武家屋敷の塀に変わる。

六間堀川に架かる最初の橋がある辻に、大名持ちらしい辻番所があった。

辻番所に灯る提灯の家紋が片喰《かたばみ》紋であるところをみれば、酒井家一統に連なる人物の屋敷であるらしい。

ちなみに、左衛門尉酒井家が、この片喰紋で、雅楽頭酒井家では剣片喰《けんかたばみ》を家紋としている。

それはさておき亥之助は、再び、

（む……）

左手の長慶寺《ちょうけいじ》の山門の柱の裏あたりに、イモリのように貼りついている人影を察知した。

（二人いる……）

なにやら、いやな予感を覚えた。

すぐ前方には五間堀がある。

そこを小橋で渡って、すぐ左手角の旗本屋敷が賭場だった。

（…………）

だが、ついと、亥之助は酒井家の塀に沿って右に曲がったのである。

小名木川へと戻る道筋であった。

というのも——。

長慶寺を通り過ぎた後方で、ごく小さな足音がした。

おそらくは、山門の陰に身をひそめていた何者かが、様子を窺いに出たようであった。

（今宵は、やめておこう）

亥之助は、とっさにそう決断したのである。

亥之助が知るよしもないが、賭場となっている島田屋敷を遠巻きに見張っているのは、火盗改めの密偵たちであった。

長慶寺の山門から、亥之助の向かう先を確かめに出たのは、落合勘兵衛が懇意にしている、火盗改めの手先である［冬瓜《とうがん》の次郎吉《じろきち》］の手下で為五郎《ためごろう》という者である。

為五郎が再び山門に戻ると、

「どうだったい？」

同輩の善次郎《ぜんじろう》が尋ねてきた。

「いや、ちがった。しかし……、黒ずくめの……、蛇みたいに気色の悪い奴だったよな」

「おう、夜中に編笠だ。いかにも怪しい」

そんなことを囁きあった。

つい、この間から、五と九のつく日には、賭場が開く島田屋敷への人の出入りを見張っている。

どの時間帯に、どの程度の客が入るか。

見張りの数は、どれくらいか。

また、用心棒の数は……？

というようなことを調べているのであった。

［冬瓜の次郎吉］と手下の藤吉《とうきち》は、あたけ裏にある〈大日《だいにち》長屋〉を見張っていて、つい先ごろに長屋を出た寅次が、島田屋敷に入っていったのを確かめている。

今は島田屋敷の東に、歯抜けのように点在する空き地のひとつに身をひそめて、やはり人の出入りを探っていた。

寅次というのは、賭場を仕切る［ひっこみ町の彦蔵《ひこぞう》］の子分で、つい先日に、おひろという十七になる小女を殺した下手人である。

どうしても取り逃がすことは、できない男であった。

3

［若狭屋］の二階屋敷では、大岡忠勝の話が続いている。

寛永九年（一六三二）の一月、二代将軍・徳川秀忠の死去により、大御所政治は終わりを告げた。

西の丸の老中たちは、すべて家光の老中に組み入れられて、幕閣地図が塗り替えられていく。

まず、その年の九月、先に述べた六人衆のうち、松平信綱が老中に昇格した。

その穴を埋めるように、十一月に、酒井忠勝老中の子息である酒井忠朝が、十二月には、土井利勝老中の子息である土井利隆《としたか》が、六人衆に任じられた。

「これには、わしも驚いた。そのとき隼人……、いや、酒井忠朝は、まだ十四歳じゃ。そんな年若《としわか》で、今でいう若年寄になったんじゃものなあ。いや、しかし、あのときは我がことのように嬉しかった。なにしろ弟分の大出世じゃ」

大岡が、さらに遠くを見るような目になっていた。

権力者である父親の引きもあったのだろうが……。

おそらく忠朝たちは、若手官僚育成の軌道に乗ったのであろう、と勘兵衛は思った。

松平信綱に続いて、家光側近だった堀田正盛、阿部忠秋も六人衆から老中に引き上げられて、いよいよ家光将軍下の幕政は、門閥譜代層から、将軍側近の新譜代層へと変換していくかのようであった。

「そうしますと、老中は、かなりな数にのぼりますね」

勘兵衛は、正直な感想を述べた。十人ではきかなかったであろう。

「うむ。そこよ……」

大岡はうなずき、

「みな、徳川家の功臣ばかりじゃからな。大猷院《たいゆういん》さまも、おそらく考えあぐねておられたのであろうが、おいおいに整理がおこなわれていったのじゃ」

大猷院は、徳川家光の法名である。

寛永十一年（一六三四）に、酒井忠世に江戸城の留守居を申しつけ、家光は上洛したが、その途次に、失火によって江戸城西の丸が全焼してしまう、という事件が起こった。

忠世は責任の重大さをおそれ、自ら寛永寺に入って蟄居《ちっきょ》した。

これを注進で知った家光は、大いに怒ったという。

徳川実紀によると、次のように記されている。（一部改変）

　水火の天災は、たとえいかなる時にも、のがるべきにあらねば、忠世留守したりとも、火災あらんに、忠世罪といふべからず。しかるに忠世、門閥の重臣にて留守しながら、火おこるとて、己《おのれ》が咎《とが》められんことをはかり、城を逃れ出て山入りすること、ほとんど大臣の処置にあらず。

のちに家光の勘気《かんき》は解けたけれども、酒井忠世は奉書連判の列をはずされて、幕閣に入ることは赦《ゆる》されなかった。

『徳川実紀』によれば、〈金銀府庫の奉行となり、身を終わりぬ〉と記されている。

そして、寛永十三年に没すると、にわかに元老《げんろう》という、名ばかりの名誉職が作られ、酒井忠世は、生きているうちに、その役についたことにされてしまった。

のちに江戸幕府が編纂した『寛政《かんせい》重修《ちょうしゅう》諸家譜《しょかふ》』には、酒井忠世は寛永十三年三月十三日に元老となり、同十九日に没した、と書かれているそうだが、幕臣の根岸衛《ねぎしもり》奮《いさむ》の編になる『柳営補任』では元老の項に、〈三月十二日老中ヨリ〉と記されている。

おそらくこれは、現代の殉職警察官のような、死後特進の例であろうか。

注意すべきは、このとき、元老という、新たな幕閣の役職が生まれ、これが、大老のはじまりとなることである。

こうして、新旧の権力交替は静かにおこなわれていくが、その端緒となった事件が起こった。

4

「それが、島原の乱じゃ」

寛永十四年（一六三七）の十月、肥前《ひぜん》（佐賀と長崎の一部）島原や肥後《ひご》（熊本）天草《あまくさ》諸島の領民が、キリシタン迫害、過酷な年貢、さらには飢饉も重なって蜂起《ほうき》した。

大岡は言う。

「そのとき幕閣では、九州の辺境の地の一揆《いっき》ぐらいにしか考えておらなかった。ところが、豊後《ぶんご》（大分）内に置いた幕府目付や、京都所司代の板倉重宗《いたくらしげむね》あたりから、次つぎと、一揆の規模の盛大なることが伝えられてくる。そこで幕府は、参勤中であった島原藩主の松倉勝家《まつくらかついえ》に帰国を命じるとともに、重宗の弟の板倉重昌《しげまさ》を上使《じょうし》として、一揆鎮圧を命じたのじゃが……」

深い溜め息ののち、大岡は続ける。

「これを聞き、総目付の柳生但馬《やぎゅうたじま》が、この一揆は容易ならざる性質のものゆえ、重昌一人を上使として、かの地に向かわせるは、あまりに危険の処置、と異論を唱えたそうじゃが、これまさに卓見《たっけん》……。いや、今さら言うても詮《せん》ないことじゃがなあ」

総目付というのは、のちの大目付で、これは寛永の九年に、柳生但馬守宗矩《むねのり》ら四名が、初めて任じられた職名である。

役目としては、大名の非違《ひい》不法があるときに、これを糾弾《きゅうだん》するばかりでなく、広くにわたって大きな権威を持っていた。

さて、板倉重昌が、はるばる島原の地にたどり着いてみれば、一揆軍は要害《ようがい》の地である原城に籠城《ろうじょう》して、石を投げたり矢や鉄砲を仕掛けてくる。

これを攻めるとなると、被害は甚大、と見てとった重昌は、敵地兵糧《ひょうろう》の補路を断っての籠城戦略を決意した。

食糧が尽きるのを待つのである。

ところが――。

戦果の捗《はかど》らぬのを知って、松平信綱は業を煮やした。

知恵伊豆とも呼ばれ、自らの知略にうぬぼれてもいる信綱は、自らが陣頭に立って第二の追討軍を送ると言いはじめた。

これには、筆頭老中の酒井忠勝や土井利勝をはじめ、六人衆の大半も反対をした。

このときの六人衆は、任官順に、酒井忠朝、土井利隆《どいとしたか》、太田資宗《おおたすけむね》、阿部重次《あべしげつぐ》、三浦《みうら》正次《まさつぐ》、朽木稙綱《くつきたねつな》であったが、うちでも、もっとも強硬な反対意見を述べたのが三浦であり、信綱を支持したのは、阿部と朽木の二人であったという。

「反対理由は、一《いつ》に、板倉重昌の体面を重んじてのことじゃ」

「それは、そうでございましょうな」

勘兵衛も同感であった。

一揆鎮圧の命を受けながら、あとから第二の追討軍を送られるとなれば、まさに武家の面目は丸つぶれとなる。

だが、信綱は強引に押し切って、戦上手《いくさじようず》で鳴る古強者《ふるつわもの》の戸田氏鉄《とだうじかね》（大垣藩領主）とともに、幕府上使として島原に向かった。

「それを知った重昌は、焦った。両使が到着する前に、原城を落とさねば面目は立たぬ。それで急遽、総攻撃に出たが、こりゃ無茶じゃ。負け戦のうえに、重昌は鉄砲で撃たれて戦死してしもうた」

「ははあ……」

それでは板倉重昌は、まるで松平信綱に殺されたのも同然である。

勘兵衛は、大岡が信綱を憎んでいる理由は、そのあたりにあるな、と考えていた。

しかし、それだけではなかったのだ。

「さて、信綱めが、島原に到着したところ、すぐには城を落とすことができぬに、ようやく気づいた。それで持久の作戦をとり、城中の食糧が尽きるのを待つことにした。まさに、笑止千万《しょうしせんばん》というやつよ」

なるほど、板倉重昌の作戦を、踏襲しただけである。

「しかし、それだけではならぬ、と知恵を絞ったつもりじゃろう。信綱は、平戸からオランダの商船、デ・リップ丸を回送させて、海上から城中に巨砲を放たせた。そのとき参陣しておった細川忠利《ほそかわただとし》公（肥後熊本領主）は、百姓一揆に外国の手を借りるは、国辱じゃと諫《いさ》めたそうなが、小才《こさい》ばかりの信綱のことじゃ。大義などは、まるでありはせん」

吐き捨てるように言う、大岡である。

ほかにも信綱は、矢文《やぶみ》の計略とか、一揆の総大将であった天草四郎《あまくさしろう》の母や姉、果ては姉婿まで引っ張り出してきて、手紙での投降を呼びかけたり、金山の金掘《かなほり》を呼び寄せて、城内に向けて坑道を掘らせたりしたが、ことごとく失敗している。

ま、結局のところ——。

二月も終わりになって、いよいよ城内の食糧も尽き、戦意が喪失したところに乗じて総攻撃を開始し、ようやくに城は落ちた。

のちの儒学者、室鳩巣《むろきゆうそう》が『鳩巣逸話《いつわ》』で松平信綱を評して——。

（括弧内は、作者の勝手な注釈）


伊豆守殿の器量、快豁《かいかつ》なるところ、相知れ申し候。ただし、治世《ちせい》にて下を治め候儀は得物《えもの》（得意）にて、軍《いくさ》には不得手《ふえて》（苦手）と存じ候。兵は神速《しんそく》を第一と仕《つかまつ》り候ものに、釣鐘のこと廻り遠きに聞《きこ》へ申し候（もたもたと遠まわりばかりしているようだ）。日頃の御仕置きの手際とは格別違ひ申し候。入りては相、出ては将の才、これなしと存じ候。

と手厳しい。

要は松平信綱は、平和時には能吏かもしれないが、戦場では、まるで無能であると評しているのだ。

大岡は、言った。

「じゃが、当の信綱は、鼻高《たか》だかじゃ。家光公の覚えめでたきをよいことに、江戸に戻るや、自分に刃向かった者たちへの報復人事をはじめよった」

「報復……」

勘兵衛は、思わずつぶやいた。

5

松平信綱と、戸田氏鉄の江戸凱旋《がいせん》は、寛永十五年（一六三九）の五月十二日のことであった。

その翌日——。

松平信綱と、島原の乱にも参戦した輝綱《てるつな》の父子は、家光に拝謁して密談をしたようだ。

そこでなにが、語られたのだろうか。

大岡は、苦虫を噛みつぶしたような表情になって、

「突如としてな。六人衆が廃されることになったのじゃ」

言うと、やや激した気配で、酒をがぶりと飲んで、噎《む》せた。

「あ、大丈夫でございますか」

声をかけた勘兵衛に、

「いや。別状はない。ふむ、少少、酒が過ぎたかの。まだ、しのぶがことに話が及ばぬうちに、これはいかん。ちょいと控えようかの」

大岡は、複雑な笑みを見せ、

「ふむ。六人衆のことじゃ。姑息《こそく》にも、四月に遡《さかのぼ》っての発令で、酒井忠朝らは奏者《そうじゃ》番《ばん》に格下げとなったのじゃ」

四月二十四日付で、六人衆から奏者番に降格されたのは、酒井忠朝、土井利隆、太田資宗の三人であった。

「ははあ、すると残る三人は……」

「ふむ。信綱の味方をした阿部重次は老中に昇格した。それと入れ替わりに、酒井忠勝さまと土井利勝さまは、先例を作った元老に更迭《こうてつ》されよった」

「更迭……？」

元老とは、いまの大老のことである。

勘兵衛は、釈然としなかった。

「忠清とは、事情が違うわ。あやつは、権力を一手に集めるために大老となったが、利勝さま、忠勝さまはちがう。月のうち朔望《さくぼう》(一日、十五日)だけ登城して、小事《しょうじ》に当たれ、との沙汰じゃ。これを更迭と言わずして、なんと言う」

「ははあ……。さようでございましたか」

これにより、幕閣はついに家光側近でかためられ、松平信綱と阿部忠秋が、その頂点に立つこととなった。

「で、六人衆の残り……。ええと、さよう、朽木さまと、三浦さまの、お二人でございましたな」

勘兵衛は尋ねた。

朽木が信綱の側に立ったのに対し、三浦正次は、もっとも強く反対意見を述べた、と聞いた。

「うん。三浦は、その年の終わりになって、役を免じられた。な、こりゃ。やはり、報復人事としか言いようがなかろう」

「いや、たしかに……」

「朽木のほうは、老中補佐のような宙ぶらりんな役職で、二十年以上も幕閣内にとどまっておったが、家光さまが、今の公方さまに代替わりされて、今の若年寄の制がはじまるときに、奏者番へ落ちていったわ」

「ははあ、なるほど……」

幕閣の制を、改めて学んだ気分の勘兵衛だが、松平伊豆守信綱という人物に、これまで抱いていた印象は、がらりと変わった。

というより、権力の座についた者の、露骨さというものを、思い知った気分でもある。

「さて、忠朝がことじゃ」

「は」

大岡が、少し身を起こした様子に、いよいよ話は核心に入りそうだ、と勘兵衛は感じた。

「思えば十四歳で幕閣入りして、六年間。それが突然に奏者番に落とされた忠朝は、大いに滅入った。なにしろ、それまでに挫折というものを知らぬし、まだ二十歳じゃった。荒れてのう」

「無理も、ございませぬ」

「そのうえ、親父どのまで要職を追われて、だんだんに自暴自棄に陥っていったのじゃ。いや、わしも、こればかりは慰めようもなかった。新たに就いた、奏者番の役も、最初のうちこそ出仕しておったが、そのうち、病を理由に、ときおり怠るようになってな……」

勘兵衛は、眉をひそめた。

「いや、あるいは、今から思えば、まことの病であったやもしれぬ。心のな……」

そういうこともあろう、と勘兵衛は思った。

「実は忠朝には、家庭内にも不幸があった。忠朝の正室は、伊予松山の領主、松平定《さだ》行《ゆき》さまの息女で、おまんという姫じゃったのだが……」

(伊予松山……)

忠朝の娘だという仙姫は、伊予松山の領主に養女となったのちに、若君の正室となった……。

なにやら、目に見えぬ糸が、その裏側に張りめぐらされているような……。

勘兵衛は、そのようなことを漠然と感じていた。

「二人の間には、三人の男児が生まれたが、これがことごとく夭折したのじゃ。忠朝が失意のとき、かろうじて次男が三歳まで生き残っておったのじゃが、とうとう、これまでが身罷《みまか》った。最後の子を喪った悲しみでだ、忠朝の心も、ぽきりと折れたのであろう。ついに忠朝は、屋敷から出ようとしなくなった」

現代でいう、引きこもりのようなものであったろうか。

「もちろん病と届けての欠勤ではあるが、別に臥《ふ》せっておるわけではない。そのまま屋敷に置いておいては、中間、小者の口から、そのようなことが外に漏れぬともかぎらぬでな。親父どのは、そのような心配をしたのじゃ。それで、屋敷から近い和田倉御門内に屋敷を建てて、側近の者たちをつけて、忠朝をそこに移したのよ」

それが寛永十七年（一六四〇）のことであった。

「忠朝公屋敷で、いろいろ治療をしても、一向によくならぬ。そこで公儀にも届けて、摂津有馬の湯に、湯治《とうじ》に出させることにした。うむ、これはなかなかに効果があったようじゃ」

「さようで……」

「ふむ。しかし、そのあとがのう……。いや、口惜《くちお》しいことじゃ」

大岡の唇が歪んだ。

なにが、あったのであろうか。

有馬湯女《ありまゆな》の小万《こまん》

1

夜の静寂《しじま》を破って、どこからか猫のすさまじい声が聞こえる。

月夜に迷い出て、相手を誘う声であろうか。

階下からは、物音もしない。

再び、大岡が口を開いた。

「うむ。まずは酒井忠清の話をしておこう」

と言った。

忠清は、酒井忠世の長子である忠行《ただゆき》の長男として、寛永元年（一六二四）に生を受けた。

そして十四歳のとき、祖父の忠世に相次いで、父の忠行が胃病のため、三十七歳で死去した。

そこで、上野国《こうずけ》（群馬県）、厩橋《うまやばし》（のち前橋）十二万五千石の領地のうち、十万石を忠清が相続して、残りは、弟の忠能《ただよし》に分知《ぶんち》された。

「忠清が、まだ、年若じゃったゆえにな。分家筋であった酒井忠勝さまが、こやつの後見人となったのじゃ。その力添えもあって、翌年十五歳のときには出仕して、江戸城中での儀式の際には、その式の進行を司《つかさど》る、晴儀《せいぎ》の役に任ぜられたのよ」

（ほう！）

勘兵衛は目を瞠《みは》る思いであった。

なるほど雅楽頭家は、門閥譜代のうちでも高い家格を誇る家柄だが、わずかに十五歳かそこらの若年で、江戸城内儀式の中心人物となるには、早すぎるような気がする。

やはり、後見人となった酒井忠勝の力と後押しによるものだろうと思われた。

「忠勝さまは、よく本家筋を支え、忠清にも尽くしたと、わしは思う。いわば忠清にとっては、忠勝さまは、父とも慕うべき恩人ぞ」

「それは、そうでございましょうな」

「ところが、忠清のほうでは、そうは思っていなかったようじゃ」

「はて」

「忠清にしてみれば、忠勝さまは自分のところの分家筋にしかすぎぬ。そのような、誇りというより、奢《おご》りがあったのであろうな。元はといえば、祖父の忠世のほうが、忠勝さまより上位であったはずが、例の西の丸火災のせいで、失脚した。その祖父が失いたる栄光を、ついに父の忠行も挽回できずに死んだ。それゆえ、本家筋の頭領たる自分が、いまだ分家筋の風下に立っておる、と悔しかったに相違ない」

「……………」

勘兵衛にすれば、応《こた》えようがない。

大岡の言は、心情的にはわかるが、なにか根拠があってのことなのか……。

そう感じた勘兵衛の気持ちでも読んだか、大岡は、少し激した声で言った。

「で、なければ、忠清が、忠勝さまに対して、仇《あだ》なすような真似はできまい」

「は……？」

思わず問いかけた勘兵衛に、大岡は、

「いや、いや……」

苦笑しながら頭を振って、

「これはちょいと、先走った。ま、そういったことを頭に入れての、ここからは……、うむ、有馬に湯治に行ったのちの忠朝のことじゃ」

「はい」

「湯治が利いたか、忠朝は、見る見る元気を取り戻したそうじゃ。いや、湯治のおかげだけではあるまいな……。うむ。下世話に言うと、女じゃ」

「女……」

「ふむ。有馬の湯で、忠朝の世話についた湯女がおってな。名を小万という。妻に似た名であったことも、なにかしら忠朝に作用したのかもしれぬ。小万は、忠朝の寵愛の相手となって、ついに江戸へ連れ帰ってきた」

「ははあ……」

「というて、まさかに忠朝公屋敷に住まわせるわけにもいかぬ。それで、有馬まで忠朝の供をしておった郎党の一人、富田佐太郎《とみたさたろう》という者を、一足先に江戸に戻して、小万が住むところを探させた。それがな、ここよ」

大岡が、トントンと畳を叩いた。

「え……？」

「ふむ。明暦《めいれき》の大火で、ここらも焼けて、家の造作は変わったがな。忠朝が小万を囲うたのは、この［若狭屋］の二階部屋じゃ。というのも、父親の酒井忠勝さまは、川越十万石から転じて、若狭国十二万三千五百石の国持大名となっておったからな。その折に忠勝さまが目をつけられたのが、若狭小浜に国入りしたときに献上された若狭塗りじゃ。これは、よい。我が国の特産品とせよ、と大いに奨励されてな。城下の商人に江戸店を開かせたのが、この［若狭屋］じゃ」

なるほど、この［若狭屋］には、そのような経緯があったのか、と勘兵衛は思い、小万がここに囲われたわけも、すんなり理解ができた。

「すっかり元気になって江戸に戻った忠朝じゃが、今しばらくの療養を続けると言うたそうじゃ。ま、その点は、女の色香に迷うたとしか思えぬ。出仕をはじめれば、本邸に戻らねばならぬし、忠朝公屋敷に住んでおるかぎりは、こっそりの他出もやりやすいということよ」

「その気持ちは、なんとのう……」

かつて小夜《さよ》という年上の愛人ができて、どうしても、己《おのれ》が肉欲を抑えきれなかった勘兵衛には、忠朝の気持ちがわかる気がした。

「そのうちに、小万が懐妊したのじゃ」

「………」

小夜もまた、勘兵衛の子を宿した。

そのことを、最後まで勘兵衛は気づかず、小夜もまた、それを勘兵衛に伝えず、ひっそりといずこかへ消えた……。

勘兵衛の心に、錐《きり》で刺されるような痛みが走った。

（いずこに……？　無事に生まれたであろうか。男児か、女児《じょじ》か……。それとも、まだなのであろうか……）

そんな勘兵衛の心の動きとは関係なく、大岡の話は続いている。

「小万の懐妊を知って、忠朝は、頻頻《ひんぴん》と［若狭屋］へ向かうようになった。そんな途上で、ぱったり忠清と出会うたのじゃ」

「え……」

「忠清は、忠朝より十四歳の年下じゃ。親戚同士ということもあって、忠朝も心を許していたのじゃろう。あるいは愛妾に子ができた嬉しさのあまりか、忠朝は忠清を誘うて手近の茶屋に憩い、うかと小万のことを漏らしてしもうたらしい」

なにやら、ざわざわと、勘兵衛の心が騒いだ。

「秘密を漏らされたからというて、そっとしておいてやればよいのじゃ。それを忠清めが……」

小さく、大岡は唇を嚙んだ。

「まさか……」

勘兵衛にも予感が走った。

「忠清は、さっそくにも、忠勝さまに告げ口をした。いや、下司《げす》の勘ぐりかもしれぬが、含むところ……。いや、意図あっての密告だった、とも、わしには思える」

「……………」

「忠勝さまは、大いにあわてた。それはそうじゃろう。側女《そばめ》を作ることなど、どうということはない。しかし、病と届けて欠勤をしておる者が、外に女を囲うて子まで成し、しかも他出までしているとなると、こりゃ大いなる罪じゃ」

「うーむ」

勘兵衛は、うなった。

「忠勝さまは、あわてて忠朝を本邸に引き上げさせて、事の真偽をただした。忠朝は、事実を認めたうえで、だが、［若狭屋］の小万のことは明かさなかった。懐妊中の身を案じたからであろう。そして、わし宛に、事の次第を記した文を、側近の富田佐太郎に託したのじゃ」

「ははあ、有馬の湯から、先に江戸に戻されたお方ですね」

「そうじゃ。佐太郎は、［若狭屋］に立ち寄り、身重の小万を駕籠に乗せ、ひそかに田安御門外の我が屋敷に連れきたった。それが佐太郎に課せられた、忠朝の命《めい》であったのじゃ」

そこで大岡は、いったん言葉を区切り、白鳥徳利から酒を注ぎはじめた。

勘兵衛も、ぐい呑みに残っている酒を飲み干し、白鳥を傾けた。

2

いつしか、猫の声も消えていた。

大岡は、新たに満たした酒で唇を湿したのち、再び話しはじめた。

「あれは、わしが三十一にして、ようやっと男児に恵まれた年であった。さよう、寛永二十年（一六四三）の夏のことであったな。春日局や天海《てんかい》僧正が身罷《みまか》った年じゃ」

昔日《せきじつ》を懐かしむように目を閉じて、静かな声音《こわね》で続けた。

「忠朝からの文には、まずは無沙汰を詫び、かつての厚情への謝意が述べられ、わしがことを兄と恃《たの》んで、願いたきこと、これあり、と続いての……」

その声が、わずかに震えた。

「あとは、綿綿《めんめん》と有馬の湯で小万と出会うたのちのこと、先日に酒井忠清と出会い、迂闊にも口をすべらせてしまった経緯《いきさつ》、などが書かれておっての。ぜひにも小万を匿い、行く末のことを頼む、というようなことが書かれておったのじゃ」

「いやあ……」

ようやく勘兵衛にも、全体の絵柄が見えてきた。

この［若狭屋］の女主人のしのぶこそが、小万が産んだ娘のようだ。

「一も二もなく、わしゃ引き受けて、小万を屋敷に預かることにした。妻にも事情は明かさなかったゆえに、長男が生まれたばかりのところに、どこの馬の骨ともしれぬ孕《はら》み女を連れ込んだ、と、ずいぶんと恨まれたものじゃ。が、そのうちには、どうやら小万の腹の子が、わしの胤《たね》ではないらしい、なにやら事情があるらしい、と悟ってくれたのじゃ」

「さようで、ございましたか。もしや、先ほどのしのぶさまが……」

「そうじゃ。我が屋敷に小万を預かった翌年に、娘が生まれた。生い立ちが不憫ゆえ、よく堪え忍んで生きてくれろ、との思いから、わしが、しのぶと名づけたのじゃ。そして、十七歳のときに、ゆかりの……この［若狭屋］の跡取りのところへ嫁がせた、というわけじゃ」

「さようなわけで、ございましたか。で、今、その小万さまは？」

「うむ。じゃが、その前に、忠朝がその後のことを話しておかねばならぬ」

「あ、そうでございましたな。つい、先を探りまして、申し訳ございませぬ」

勘兵衛は、頭を下げた。

「なんの……。こうしてのう。これまで誰にも明かせなかったことを、心ゆくまで聞いてもろうて、おおいに、心に塗り重ねてきた澱《おり》が溶けだしていくような心地じゃ。わしのほうこそ、礼を言うぞ」

「とんでも、ございませぬ。大……、いえ、ご隠居さまの昔話を聞かせていただきまして、拙者のほうこそ、その……、忠清とかいう男の腹黒さを知り得た思いです」

勘兵衛の発言は、決して大岡に阿《おも》ねったからではなく、本心からのものであった。

だが、大岡は、それには答えず、ぽつんと言った。

「忠朝はな、ひそかに江戸から連れ出され、国許の若狭浦に幽居《ゆうきょ》しておったのじゃ」

「え……」

勘兵衛が、驚いたのも無理はない。

大名の妻子は、幕府から許されぬかぎり江戸を出てはならぬはずだった。

「わしも、そのことは、のちになって知ったのじゃよ。忠朝が国許に戻ったのは、しのぶが生まれた年の一月であったらしいが、その翌年には、幕府に改めて長患いと届けられて、事はすんでおったからのう」

ちなみにこのことは、『酒井家編年史料稿本』のうちに、〈正保元年（一六四四）一月、酒井忠勝の嫡男忠朝、若狭浦に幽居〉と明確に記されている。

また、忠朝の有馬湯治や、和田倉門内の忠朝公屋敷の存在も、雄山閣出版の『藩史大事典』に記載がある。

「しかし、よく酒井忠清は、小万さまのことなどを、ほかには漏らさずにおりましたな」

「さ、そこが、あやつの腹黒さよ。漏らせば、酒井忠勝は確実に失脚する。下手をすれば改易じゃ。じゃが、忠清はその本家筋ゆえ、自分にも火の粉がかかってくる。それより、忠勝さまは元老として力をお持ちだし、家光公側近でかためた老中どもより、はるかに家格が高い。これを利用せぬ手はない。あやつは、そんな計算づくで、忠朝の醜聞を、ほかには漏らさぬのと引き替えに、忠勝さまの、さらなる後ろ盾を求めたフシがある」

慶安《けいあん》元年（一六四八）、徳川家世子の家綱が八つになったので、牛込の地に家綱遊興のための屋敷が建てられた。

生まれてすぐに高熱で生死の境をさまよっている家綱は、生来、病気がちであったため、このころ、まだ世子とは定められていない。

だから、江戸城中で儀式向きを扱う〈晴儀の役〉の忠清は、まだ家綱との繋がりはなかった。

ところが慶安三年に、家光が体力の衰えを悟ったか、ついに家綱を世子と定め、家綱とその側近たちが西の丸に入った。

それを待っていたように、忠清は、西の丸奏者の役についた。

そして翌年には、家光が死去して、わずかに十一歳で家綱は四代将軍となり、十二月に本丸に移る。

それから、まる二年とたたない承応二年六月に、忠清は老中となった。

それも、三十歳という、未曾有《みぞう》の若さで、である。

大岡が、ひとつ、またひとつと挙げていく事実を聞きながら、なるほど、これは忠清の血筋、能力、幸運だけでは疑問が残る。

元老としての、酒井忠勝の強力な推挽《すいばん》があったと見るほうが、納得がいきやすい。

「ふーむ」

思わず勘兵衛の口から、大きな吐息が漏れた。

3

大岡は、ややあって、再び口を開いた。

「話を戻して、若狭浦に幽居した忠朝のことじゃ」

「あ、はい」

「忠勝さまは、最後の最後まで嫡男の忠朝をあきらめずにおったが、慶安二年（一六四九）に、盟友とも恃《たの》む、もう一人の元老、土井利勝が病に臥せったのを機に、血を吐く思いで忠朝を廃嫡して幕府に届けた。そのうえで忠朝を勘当し、その身を直ちに、小浜《おばま》酒井家の飛び領地である、安房《あわ》国（千葉南部）の市部《いちべ》村に追放したのじゃ。そのことをな……。ずっと忠朝に付き従っておった、例の富田佐太郎がな、若狭から安房へと移る際に我が屋敷に立ち寄り、そうと知らせてくれたのじゃ」

「いや、それは、おいたわしいことで、ございましたなあ」

勘兵衛にとっても――。

越前大野の世子である若君を、廃嫡させようという謀略がある。

とても、他人事《ひとごと》とは思えない。

その旗振り役の一人が、やはり酒井忠清なのだ。

それにしても——。

忠朝が迂闊にも漏らした秘密を、もし忠清が、一人胸のなかに畳んでおいてくれさえすれば……。

おそらく忠朝は、やがては復職して、若狭小浜藩を受け継いだやもしれない。

それがついには、廃嫡勘当されて、安房へと追放されていった。

なにゆえ大岡が、酒井忠清を憎み、〈私怨じゃ〉と言い切ったかの本音を知らされた。

「でな。わしも、小万が無事に、しのぶという娘を産んだことを伝え、佐太郎に引き合わせた」

「それは、さぞ、お喜びでございましたでしょう」

「うむ。佐太郎は、よくぞご無事で、と目に涙じゃ。ところが、小万が、とんでもないことを言いはじめた。忠朝さまが追放された安房の国へ、どうしても行き、身のまわりの世話をさせていただきたい、と、懇願するのじゃ。これには、わしも困ったが、佐太郎はもっと困り果てた」

「いけませぬか」

「いや、人情としては、小万の気持ちはようわかる。思い葉《ば》同士の二人が、突然に引き裂かれたようなものじゃからな。できれば、そうさせてやりたい。じゃが、しのぶがおる。そのとき、しのぶは六歳じゃったが、子連れで忠朝のところに行かせるわけにはいかぬ。忠朝が追放された先は、酒井家の領地ゆえ、代官もおれば、役人もおる。そんなところへ子連れで忠朝に近づけば、それが小万ということも、しのぶが忠朝と小万の間に生まれた娘ということも、容易に知れてしまおう。いくら親子の縁を切ったとはいえども、しのぶが生まれたは、まだ勘当される以前のことになる。そういった人の噂ほど、こわいものはない。いつ、どんなかたちで、幕閣の耳に届かぬともかぎらぬからな」

「なるほど……」

忠朝の醜聞は、まったくといってよいほど知られてはいない。

表向きは、ただ病のゆえに、廃嫡となったとしか知られてはいないわけだ。

些細な罪を問われて、改易される大名は多い。

幕閣に目をつけられないように、世渡りしなければならないのが、どの大名家もが擁する宿痾《しゆくあ》であった。

（ふむ……）

そのとき、勘兵衛のうちをよぎった思いがある。

ほかでもない、酒井忠勝が忠朝を廃嫡にするだけではなく、親子の縁までを切ったことだ。

（もしや……）

それは、父の愛から出たことではなかろうか――。

そんなふうに、勘兵衛には思えたのである。

勘当の処置は、もはや大名の子ではないから、江戸に在住する、という掟《おきて》から解放される、ことを意味する。

忠勝とすれば、せめて愛する忠朝の余生を、自由の天地のもとに置いてやろう、といった親心であったのではないか。

そう考えると、勘兵衛には、つい先ほど忠朝のことを、いたわしい、と感じたが、次にはまったくちがう風景が見えてくるような心地がした。

大岡が続ける。

「すると、決然と、小万は言いよった。しのぶがことは、残していく。自分は名を変え、安房に向かう。土地の百姓女が下働きに雇われた、というようなかたちででも、忠朝の側に置いてもらえまいか、とな」

「ほう」

娘を捨ててでも、忠朝の元に行く、と言ったのか……。

「しのぶには不憫なれど、わしがついておるから安心できる。母に捨てられたと恨まれても、自分は忠朝さまの側《そば》に行きたい、小万が、そう言うのじゃ。いやはや、女というは強きものよ。わしゃ、とうとう、よし、しのぶのことは、わしにまかせておけ、と言うてしもうたのよ」

「すると。小万さまは、忠朝さまの元へ、行かれましたのか」

「そうよ」

「で、忠朝さまの、御正室のほうは？」

「おまんさまか。もちろん、忠朝が若狭に幽居しておる間も、表向きには江戸屋敷におることになっておるからな。おまんさまも。ずっと酒井家の下屋敷にあったが、忠朝が勘当されたのを機に、離縁して実家へ戻った」

おまんの父で、伊予松山の領主であった松平定行は、すでにそのとき隠居していて、二代目は松平定頼《さだより》が継いでいた。

そして、おまんの出戻りと入れ替わりのように、その定頼の娘が、忠朝が廃嫡されて、若狭小浜藩の新しい世子となった、酒井忠直《ただなお》の元に嫁ぐのである。

ついでのことに、もう少し筆を進めれば、伊予松山藩二代目の松平定頼は、寛文《かんぶん》二年（一六六二）の正月に、三田の中屋敷において落馬して命を落とす。

それで三代目を継いだ松平定長《さだなが》こそが、忠朝の娘である仙姫を養女とし、そののちに勘兵衛にとっての若君、松平直明の元に嫁がせることになるのである。

その仙姫のことについて、大岡は言及しはじめていた。

「小万は、一人、安房へと旅立ち、無事に忠朝と再会した。そこでは、しのぶと名乗ったそうじゃ」

「しのぶ、でございますか……」

「うむ。捨ててきた娘のことを忘れぬためであろうな。そして二年後には、玉のような男児を産んだ」

「…………」

「それればかりじゃないぞ。忠朝との間にな、四人の男児と、三人の娘を作った。そなたの若君に嫁いだ仙姫さまは、忠朝には長女にあたる。もっとも、そうとは大っぴらにはできぬゆえに、表向きは、忠朝公の正室であったおまんさまのな、妹の子として幕府には届けられておるがな」

「ははあ……」

勘兵衛は、長い長い物語を聞いた心地がして、

「では、結局のところ、忠朝さまも、小万さまも、幸せであられた、ということではございませぬか」

「うむ、そうとも言えような。忠朝は、十数年前に四十四歳で病死して、勘当を解かれた。それによって、小浜の酒井家菩提寺《ぼだいじ》である空印寺《くういんじ》に葬られることができたのじゃ。小万……いや、しのぶは尼となって、今も、その菩提を弔い続けているそうじゃ」

ふと勘兵衛は、瞼の裏に熱いものがこみ上げてくるのを覚えていた。

4

五ツ（午後八時）の鐘が聞こえるころ——。

条吉は、深川・二郎兵衛町の寮に戻った。

条吉は知らないことだが、半刻（一時間）ばかり前に五間堀に向かった旦那も、すでに戻っている。

「えらく、遅かったではないか」

少し不機嫌そうな声を出した旦那に、

「それが、旦那。きょう、飯田坂の箸問屋を見張っていましたら、とんでもない男に会ったんや……、いえ、会いましてね」

「誰のことだ」

「それが、ほれ、あの落合勘兵衛で」

「なに！」

旦那は気色《けしき》ばんだ。

「まちがいは、ないのか」

「はい。たしかにあのときの……。最初は塗笠だったんでわからんかったが、笠を取ったのを見て、あっと思うた。あれはたしかに……」

実は条吉、落合勘兵衛を見るのは、今回が二度目である。

それも最初は、もう五ヶ月も前の十一月、それも月光の下で見ただけなのだが……。

(まちがいはない)

確信していた。

「で、どこで出会うたのじゃ」

「ですから、飯田坂ですって。それも、俺《うら》が見張っている［若狭屋］っていう箸問屋に入っていったものだから。びっくり仰天いたしたんやざ」

旦那から、あまり越前弁は使うな、と言い渡されている条吉だが、注意しているつもりでも、つい口から飛び出す。

「で、落合は一人か、それとも連れでもおったか」

「いえ、お一人で」

「ふむ。もう少し詳しく話してみろ」

「へえ。それから、ちょっとの間《ま》してのことであるんやが、大編笠をかぶったお武家が三人、[若狭屋]に入っていきまして、それきり誰も出てきません」

「ううむ……」

「とうとう、日も暮れて、店じまいがはじまりましたが、やはり誰も出てきません。人通りも少なくなって、それ以上見張るにも、怪しまれそうで、場所を変えて見張り続けましたが……」

「出てこぬか」

「はい。なんとか、住居《ヤサ》を突き止めたい、とは思うたんやけど……」

「よいよい。それは、もう、よいのだ。しかし、ふうむ……」

旦那は、むずかしい顔になっていたが、

「条吉、酒の支度でもしてまいれ」

「へい」

条吉は階下に降りた。

一階の大広間では、今夜も七人の浪人が、にぎやかに酒盛りを開いている。

条吉は、あまりことばを交わしたことはないが、旦那が、その頭領格となっているらしい。

だが、浪人たちは、これといった仕事をしているふうでもなく、ときにはどこかへ出かけるようだが、ただごろごろとしている居候にしか見えない。

浪人たちと、年老いた寮番は、この一階で寝起きして、旦那と条吉が二階を使っているのであった。

寮番に酒の支度をさせて、条吉は酒肴と一緒に二階に運んだ。

旦那は、自分で大盃《たいはい》に酒を注ぎ、

「おまえもやれ」

「へい」

あとは無言で、盃を傾けつつ、旦那はなにごとか考え続けていたようだが。

「条吉」

「へい」

「あすは、旅支度をしておけ」

短く言った。

「旅支度……」

「うむ。おまえも一緒にな。またしばらく、江戸を離れる」

「どちらへ？」

それには答えず、旦那は含み笑った。

重ねて、条吉は尋ねた。

「長旅で、ございましょうか」

「そうよの。なに、それほどではない。若狭の小浜《おばま》よ」

「へ、若狭の小浜……」

はて、きのう、きょうと見張ったのが［若狭屋］であったが……。

条吉に、旅の目的は、皆目《かいもく》見当がつかなかった。

「小浜では、おそらく、長滞在になろう。そのつもりでおれ」

「へい」

元より旦那とは、一蓮托生。ともに無明《むみょう》世界に生きる、と覚悟をつけている条吉であった。

条吉が、生まれ故郷を捨てて旦那と江戸に出るときには、旦那からも、

――ただし、俺の生きる道は無明世界の闇の道だ。それだけは、承知していてくれ。

と引導を渡されている。

「ただ、若狭への旅すがらだが……」

旦那は、大盃を傾けながら言った。

「俺は、虚無僧《こむそう》姿で行く。ただ、この虚無僧というやつ……」

また大盃を傾け、酒を含んだのちに続ける。

「掟というのが、いろいろあってな。まずは旅は同行二人《どうぎようににん》、すなわち連れの者があってはいかぬ。それゆえ、おまえとは、つかず離れずの旅となるし、宿も同じとはいかぬ」

「承知したんやざ」

「第二に、虚無僧の旅に刃物は許されぬ。許されるのは、一尺以下の懐剣のみだ。それゆえ、我が両刀に衣服一式を、おまえに運んでもらうことになる」

「それも承知……」

「そうか。では、残るは、おまえの旅手形だ。これは、俺が明日のうちにも手配しよ

う」

ことなげに言う、旦那であった。

5

江戸城御太鼓櫓《おたいこやぐら》の太鼓が、同じく五ツ（午後八時）を報じるころ――。

［若狭屋］二階では、

「ところでのう」

大岡が、少し口調を変えた。

「わしゃ、忠朝から小万を預かり、しのぶを育てていたことを、誰にも知られずにいたと思うていたのじゃが、どうやら忠勝さまには、知られておったようなフシがあってな」

「まことで、ございますか」

「そうなのじゃ。おそらくは、我が屋敷に立ち寄った佐太郎が、忠勝さまの耳に入れたのであろう。なにしろ、安房へ向かうという小万のために、酒井家の旅手形を手配したのが佐太郎であったでな」

入り鉄砲に出女《でおんな》、といって、諸大名の謀反を警戒する幕府は、江戸から出ていく女を厳しく取り締まっていた。

それで、小万を、安房の領地へ使いする、酒井家の御女中というふうにでも装わせたのであろうか。

「しかし、それだけでは、忠勝さまのお耳にまで届いたとは思えませぬが……」

疑問を呈した勘兵衛に、

「ふむ。それは、そうなのじゃがのう」

破顔したのち、大岡は続けた。

「先にも言うたが、わしゃ四歳の折に、養子同然のかたちで家督を継いだわけで、長じてのちも小普請《こぶしん》入りしたままじゃった」

無役である、ということだ。

「ところが、小万が安房へ旅立った二年後の慶安四年（一六五一）、わしが、ちょうど不惑（四十歳）のときになって、突如として二の丸留守居の御役が舞い込んできたのじゃ」

「ははあ……、それが忠勝さまの？」

「ふむ。そうであったろうと、わしゃ、今も信じておる」

（そうかも、しれぬな）

と、勘兵衛も思った。

陰ながら、忠朝を支えた友への感謝であったかもしれない。

「ま、それはともかくとして、忠朝の遺児のことを話しておかねばならぬな」

「は。一人は、この［若狭屋］の、しのぶさま……。はて？　この際にお尋ねしておきますが、しのぶさまは、自分の出生の事情は、ご存じなのでございましょうか」

勘兵衛は、尋ねた。

「お、こりゃ、抜かったの。いやいや、どうであろうの。もう、六歳になっておったからの。あるいは母親の口から、なにやら聞かされておったか、あるいは父は酒井忠朝と、証拠の品でも託されておるかもしれぬが……。ま、わしの口からは言わぬし、本人も、なにも聞かぬ。我が屋敷で生まれ育ったゆえに、我が娘と思うて、わしは育てた。ただ［若狭屋］の先代だけには、こそっと打ち明けて嫁にしてもろうたがな」

「さようで、ございましたか。いや、話の腰を折りまして、申し訳ございません」

「いいや。しのぶについては、つい、わしが説明を忘れておったのじゃ。それゆえ、しのぶの素性を明かすにあたって、わしゃ、おぬしに、それで、どうこうしろというのではない。そなたの胸ひとつに収めてもろうてよい、と前置きしておいたのじゃ」

「は。まったくもって、得心いたしました。あの、しのぶさまが、仙姫さまの……いや、ほかの忠朝さまの遺児にとっても、父も母も同じ姉君でござったとは……」

（それにしても……）

勘兵衛は、しのぶの、数奇な運命を思わずにはいられない。

世が世であれば……という類《たぐい》である。

「そうよのう。忠朝が逝去して、安房で生まれ育った四男三女は、しのぶこと小万とは別に、若狭小浜の二代目領主である酒井忠直の下屋敷に引き取られたが、勝之助《かつのすけ》……うむ、これが安房で生まれた最初の子じゃが、十八歳になったとき、叔父の忠直から安房勝山の領地一万石を分与されて、大名になった。八年前のことじゃ。残る遺児たちもなあ、仙姫同様、雅楽頭酒井家の分家筋として、しかるべき地位を得ておるぞ」

いよいよ、およそ二刻（四時間）以上にもわたる、大岡と勘兵衛の対談は、終わりに近づいてきたようだ。

東海道大磯宿

1

この日、浅草御米蔵横の、本多出雲守政利《いずものかみまさとし》の江戸屋敷は、朝から忙しかった。

というのも、大和郡山藩分藩の領主である政利が、昨日に国許から帰着した。

いわゆる参勤交代による参府だが、江戸に到着して、

（さあ、着きました）

というわけにはいかない。

老中まで、江戸到着のことを披露しておかなければならない。

これを怠っていると、江戸にいるのに、いることにはならず、公然と外出もままならない。

それで、きょう、奏者役《そうじやく》が老中のところへ、参府の届けを出しにいった。

そうすると幕府から、早ければ明日にも上使が派遣されてくる。

これが終わってしばらくすると、次には老中から登城を命じる奉書が届く。

届いた翌朝には登城して、参勤後初めてのお目見え（将軍に挨拶）となり、その後は各老中の屋敷を訪問して、挨拶をしなければならない。

もちろん、手ぶらというわけにはいかない。

将軍には献上品を、大奥にいる将軍のおふくろさま、大奥老女、老中、その他諸諸《もろもろ》にも進物《しんもつ》を届ける。

それらの品目を選んだり、目録を作ったりと、やらねばならないことは山のようにあるのだった。

そんなさなか――。

書院御用部屋で執務中の、江戸家老である深津内蔵助《ふかつくらのすけ》のところに、家老用人の関口《せきぐち》弥太郎《やたろう》がやってきて、

「旦那さま、熊鷲三太夫どのがきております」

と言った。

「なに、熊鷲が……」

内蔵助は眉をひそめ、

「この忙しい折に……」

つぶやくように言ったのち、

「目立たず、きたのであろうな」

「は、例の、条吉とか申す下郎《げろう》に貸し舟を漕がせ、船入口から入ったようでございます」

「それなら、よいが……」

「条吉は、水門脇の番小屋で待たせ、熊鷲のほうは、ご役宅のほうに通しておきましたが、いかがいたしましょう。なんでも、秘枢《ひすう》の話がある、と申しておりますが」

「なに、秘枢、とな」

眉を上げたのちに、しばし時間をおいて内蔵助は言った。

「まずは熊鷲じゃが……」

「は」

「米春所《こめつきしょ》に移して、待たせよ」

「は……。米春所は、ただいま普請中でありますが」

「わかっておる。だから無人であろう」

「はあ」

米春所の傷《いた》みが、ひどくなってきて、雨漏りもしはじめたので、改修中であった。もう八分どおりは、できあがっているが、殿の参府と重なったので、ここ数日は普請を止めている。

「とにかく熊鷲を移して、なかにて、しばし待て、と伝えろ。のちほどに参る」

役宅には、内蔵助の妻子が暮らしている。

熊鷲との密談には、ふさわしからぬ場所であった。

といって、空いている長屋に移すわけにもいかない。

参勤についてきた供侍たちが、ごろごろといた。

関口にすれば、きょうの江戸屋敷は取り込んでいるから、と気を利かせたつもりであろうが――。

(こやつ、相変わらずの鼻先思案《はなさきしあん》じゃ)

半ばあきらめつつも内蔵助は、にがにがしい。

「では、さように」

立ち上がりかける関口に、

「うむ。そのあと、誰ぞ祐筆《ゆうひつ》役を、ここに呼んでくれ」

「承知いたしました」

答えて、関口は去った。

内蔵助は、過去の献上品目録控帳に目を通していたが、やがて祐筆役の一人がくると、手元の控帳を渡し、

「これを参考に、奏者役とも相談して、ぬかりなきよう献上品目録と、進物目録の案を練っておいてくれ」

そう命じたのちに執務室を出ると、まずは役宅へ向かった。

そして玄関脇の用人部屋の外から、

「おるか。関口」

と、声をかけた。

「は」

すぐに関口が出てきたのに、

「これより熊鷲に会う。そなたは、ひとを近づかせぬよう見張りをせよ」

「は……」

少し不服そうな表情になったのに、

「しかと見張れ」

被《かぶ》せるように言ってから、熊鷲が待つ米春所へ向かった。

2

まだ足場が組まれたままの米春所に入る前に、注意深く周囲の人影の有無を確かめた。関口の姿のほかはない。

滑り込むように入り、後ろ手に木戸を閉めた。

明かり取りはあるが、内部は薄暗い。

土間の隅に造り付けされた縁台から、黒い影が、ぬっと立ち上がった。

土間には、大きな木臼が三つ並び、米と糠《ぬか》を選り分けるための千石簁《せんごくどおし》などが置かれている。

「あいにくのところに罷《まか》り越したようで、申し訳ござらぬ」

熊鷲のほうが、腰を折りながら、先に声をかけてきた。

「ま、屋敷の事情など、そなたにはわからぬゆえ、仕方のないことじゃ。秘枢の話というから、このような場所にした。他意はない」

「もちろん、心得ております」

「ふむ。ま、腰を下ろせ」

内蔵助は言って、縁台に腰を下ろした。

「さすれば、御免《ごめん》」

わずかな間を取って、熊鷲も腰かけた。

「ご多忙のことと拝察しますゆえ、単刀直入にお話しいたします」

「そうしてくれ」

内蔵助は、うなずいた。

「ほかでもない。中務《なかつかさ》の始末のことです」

「ふむ」

中務というのは、大和郡山藩本藩の領主、本多中務大輔《たいふ》政長のことである。

本多政利の父、正勝は、本家である本多政朝が病に倒れ、その嫡子であった政長が幼少であったため、本家の所領を預かって大和郡山藩十五万石を受け継いだ。

その後に酒井大老の後ろ盾も得て、政利は十五万石そっくりを相続できるものと信じていた。

ところが政長の側近が騒ぎだし、御家騒動が起こった。

そこで政利は、政長の暗殺を謀ったのだが、二度、三度と失敗し、ついには幕府の裁定によって、九万石を政長に奪われてしまった。

今は、大和郡山藩分藩六万石に甘んじている政利は悔しくてならない。

それで、隙あらばと、今も政長の命を狙い続けているのであった。

政利の意を受けた家老の深津内蔵助が、その暗殺を請け負い、熊鷲三太夫が、その実行部隊になっている。

熊鷲が言う。

「このままでは、いつまでたっても埒《らち》が明きませんでな。拙者、新しい手を思いつきました」

「ほう」

「すでに、猛毒も手に入れられたやに聞き及びますが」

「たしかに……。じゃが、向こうも用心をしておるでな。なかなかに隙がない」

「さすれば、食事に混ぜようと考えるゆえ、し損じるわけで、毒箸《どくばし》というのはいかがかと愚考いたしましてな」

「なに、毒箸……。どういうことじゃ」

「は……」

熊鷲は、自らの懐に手を入れながら言った。

「実は、毒盃《どくはい》というのも考えてみましたが、聞くところでは、中務はあまり酒をたしなまぬそうで……」

「さよう、甘党一辺倒じゃ」

そのときには、熊鷲の手に一膳の箸があった。

「この箸を、よくごらんくださいませ」

「ふむ、若狭箸じゃな」

金銀の粉がちりばめられ、青貝やら玉子殻などが美しく螺鈿《らでん》されている。

「いわゆる若狭塗というやつで、箔押し研ぎ出しの技や、蒔絵《まきえ》の技も使われて、聞くところによりますと、こういった塗《ぬり》の技法は二百ほどもあるそうで……」

熊鷲が説明するのを聞きながら、内蔵助は、はたと膝を打った。

「読めた。たとえば、ここの、この花型に嵌《は》めこまれた青貝のかわりに、毒片を仕込もうという算段か」

「ご賢察のとおりでございます。それを漆《うるし》では固めず、たとえば、たとえばでございますが、膠《にかわ》のような、水気にあたれば簡単に溶けだすといった工夫の箸ができぬものかと」

「むう、よう考えたのう」

正直、内蔵助は感心した。

「で、多少の時間はかかりましょうが、拙者、これより若狭の小浜まで参りたいと存じまして、お許しを得にきた次第。というのも、若狭塗の職人は、この江戸にはおりませんでな」

「あいわかった。路銀その他のかかりは、心配するな」

「さっそくのお許し、ありがとうございます。実は、今ひとつのお願いがございます」

「ふむ。なんでもあろうな」

「は。先日にお話ししたとおり、拙者は虚無僧の会合印《えごういん》を得ておりますから関所も通れますが、条吉は、そうもまいりませぬ。こちらの中間《ちゅうげん》小者とでもして、旅手形を出してはもらえませぬか」

「おやすい御用じゃ。うむ。それとのう」

「はい」

「そなたに、以前に世話をした、白壁町《しらかべちょう》の町並屋敷のことだ」

「ははあ、［丹波屋］という酢問屋の隣りの……」

「そうじゃ。実はそこに六人ほど、大和郡山からきた者を隠しておる。例の〈榧《かや》の屋形〉が襲撃されたお返しに、中務のところの徒目付《かちめつけ》を斬り殺して逃げてきた者たちだ」

「さようで」

「そなたと条吉だけで、やらせてもよいが、ひとの数は多いほうがよかろう。なに手足として使えばよいのだ。たとえば、最初から毒は渡せぬが、毒箸の目鼻がついたら、実際に試してもみたかろう。そういうときに、使いもさせられよう」

「それは、ありがたいお話しですが、六人は、いささか多すぎるようで……目立ちもいたしましょうし」

「うむ。では、二人ではどうだ」

「ま、それぐらいが……」

「よし、では、のちほどに人選して、あとを追わせよう。さて、どのような段取りがよいかのう」

「されば……」

熊鷲は、しばらく思案するふうだったが、

「小浜の城の北方に、木の松に、源と書いて松源寺《しょうげんじ》という、若狭三十三観音霊場の十五番になっている名刹《めいさつ》があるそうです。そこの鐘突堂の下へ、毎日正午に、条吉をやりましょう。条吉は、あのとおり色黒のうえ、あれだけ目尻の下がった男も珍しゅうございますから、すぐにわかりましょう」

「ほほ……たしかにのう。わかった。若狭三十三観音霊場の松源寺、鐘突堂に正午じゃな」

「はい。ところで、もうひとつ……」

「なんじゃ」

「は。猛毒のことを、いま少し……。色とか形状とかを、お教えいただかねば……」

「お、そうであったな。その猛毒というのは芫青《げんせい》というのじゃが、なんでも唐に棲むという青色をした斑猫《はんみょう》を、乾干しにしたのを薬研《やげん》にかけたものだという」

「斑猫……、はあ、虫の……、道教えのことでございますな」

「そう、それじゃ。で、やや茶黒い粉末になっておる」

「それだけ聞けば十分、では、道教えを乾干しにして粉にしたので、工夫を重ねてみましょう」

「うむ。それではな。わしが先に出るゆえ、あとは条吉のおる水門脇の番小屋にて待っておれ。すぐにも条吉の旅手形と金子《きんす》を、関口に届けさせよう」

「承知いたしました」

縁台から立ち上がり、木戸に手をかけた内蔵助だが、ふいと振り向き、

「で、若狭には、いつ発つのだ」

「は。できれば、きょうの昼過ぎにでも」

「そうか。期待をしておるぞ」

「はい。ときどき文を送りましょう」

「うむ」

木戸を開くと、そこには眩しい陽光が待ちうけていた。

3

この日は朝から、どんよりと雲が垂れこめていた。

条吉は、朝一番で飯を食い、昨夜のうちに頼んでおいた握り飯の包みを受け取ると、そそくさと旅籠《はたご》を出た。

ここは、江戸より十六里二十町の、大磯の宿場町だ。

旅籠を出た条吉は、右を左をと街道筋を見たが、旦那の姿は見当たらない。

ついでに西空を仰いだが、きのうまできれいに見えていた富士の山も、雲に隠れて

いる。

「ふん」

小さく声を発したあと、背中にかついだ大葛籠《おおつづら》を、揺すり上げるようにしてから条吉は、東へ向けて歩きだした。

深川・二郎兵衛町の寮から旅に発ったのは、一昨日の午後であった。

虚無僧姿の旦那が先を行き、半町ほどを離れて条吉は、あとに従った。

それから東海道に入り、一昨夜は川崎に宿をとった。

旦那のほうは、宿場町に近い寺へ泊まった。

若狭への道中は、東海道を大津まで行き、そこから若狭街道に入って小浜の城下町に着く、という予定である。

そして、きのう――。

相変わらず、少し遅れて歩く条吉だったが、平塚の宿場町も過ぎてすぐの木橋の上で、旦那が立ち止まった。

長さ四十間ほどの、その木橋は、条吉は知らぬことだが、花水川《はなみずかわ》に架かる花水橋であった。

旦那は、その真ん中の、いちばん高い位置に佇《たたず》み、左手に寄せる大磯の浦の激しい波を眺めているふうであった。

（はて……？）

どうしたものかと訝《いぶか》りつつも、条吉は、往来の旅人が途切れるのを見計らって、旦那に近づいた。

すると、

——条吉。

旦那は、背を向けたままで言った。

——へい。

——橋を渡って、すぐ左のところに寺があろう。

——今夜は、そこにて厄介になる。おまえは、先の大磯の宿場町で泊まれ。

——はあ。

まだまだ、陽は高かった。

箱根の山越えまでは無理かもしれないが、夕刻までには次の小田原宿まで、楽楽と着けるはずであった。

——わかったら行け。

——へい。

そうして橋上で旦那と別れた条吉であったが、実のところ、わけがわからずにいた。実は、これも条吉は知らないことだが、熊鷲こと山路亥之助には、小田原の地に苦い思い出があった。

それはかつて、弓鉄砲をもって、熱海湯治に向かう本多中務大輔の行列を襲おうとした計画が頓挫したことだ。たまたま他出していた亥之助だけを除き、集めた仲間は、一網打尽に小田原藩の捕《ほ》吏《り》の手に落ちている。

それで亥之助は、小田原藩の領内には泊まらず、さっと通り過ぎるだけにしたいのであったのだ。

大葛籠を背に、きのうきた方向へと引き返すかたちで、条吉は小橋を渡った。

橋を渡れば、宿場町を抜ける。

やがて松並木の道と変わって、ゆるやかな上り坂となる。

この坂を化粧《けわい》坂という。

その昔、曽我十郎《そがのじゅうろう》の愛人で遊女の虎御前《とらごぜん》が、化粧に使ったという井戸が近くにあるそうで、坂の名は、そこからきている。

坂の途中、右手海側に一里塚があった。

坂を上りきったあたりに、きのうの花水橋が見えている。

だが旦那の姿は、まだ見えない。

旦那が、厄介になると言った寺の名は善福寺という。

その門前まで行こう、と考えていた条吉だが、まだ朝は早い。

往来する旅人の姿も、まばらであった。

（どれ……）

とりあえず、背から大葛籠を下ろし、大榎《えのき》を載せた一里塚に凭《もた》れるようにして、一服点《いっぷくつ》けた。

波音が届き、風に乗って磯の香も届く。

そうやって、小半刻（三十分）ばかりも待ったころ、松林の街道に虚無僧姿が現われた。


そのころ――。

曇天の下、江戸は猿屋町の町宿の庭で、落合勘兵衛は、日課の真剣による稽古に励んでいた。

刀身が二尺六寸五分という長刀の埋忠明寿で、故百笑火風斎《どうめきかふうさい》から伝えられた、残月の剣の業《わざ》は、完全に使いこなせるようになっていた。

片手握りで、しかも鉦子《ぼうし》一寸足らずで敵を倒すという、離れ業である。

庭の植木の葉を相手に、右手でも、左手でも、あやまたず、一寸以内の斬り口にとどまらせている。

そんな稽古を終えたのちに、朝食をとった。

一昨日に、大目付の大岡から伝えられた話のことを、きのうは一日、考え続けた。

大岡どのは、あのように重大な秘密を——。

〈隠居の戯言と思うて聞いてくれ〉と言い、〈それでどうしろということはない。そなたの胸ひとつに収めてもろうてよいのじゃ〉と言ったけれど……。

また、これまで家族にさえ打ち明けなかった秘密を、誰かに伝えておきたかった、というようなことも言った。

(はたして、それだけであろうか？)

その裏に、もっとなにか……。

勘兵衛は、そんなことを考え続けていたのである。

もし、そうだとしたら……。

[若狭屋]の、しのぶのことではない。

おそらくは仙姫のことだ。

また、その仙姫を、大老が若殿に嫁がせた裏事情を考えよ、ということであろうか。

二人の婚姻は、〈仰せ出されの婚姻〉というもので、幕閣の御膳立てによる結婚であった。

幕閣、すなわち大老の酒井忠清と考えてもよい。

仙姫の父、忠朝は、忠清にとって分家筋にあたるが、同時に背信行為をした男でもある。

その引け目から、忠朝の遺児を……とも考えられなくはない。

そもそも、この縁談が持ち上がるについては、勘兵衛は江戸留守居の松田から、次のような話を聞いていた。

主君である松平直良は、嫡子がなかったため、親戚の松平近栄《ちかよし》を養子に迎えたが、のちに男児が生まれ、これを世子と定めて、近栄を離縁した。

その新たな世子というのが、若殿の直明である。

だが、このことが原因で、幕閣においては、主君の評判が悪かった。

御三家の次に位置する御家門の家が、成すべき所行ではない、といったところか。

そこで松田は、飛ぶ鳥をも落とそうかという大老の酒井に誼《よしみ》を結ぶべく、若殿の縁談について相談した。

その結果、出てきたのが〈仰せ出されの婚姻〉による仙姫であった。

それから五年を経ずして、今度はその大老が直明を廃嫡させようと企みはじめたのであった。

この、撞着《どうちゃく》とも二律背反ともいうべき、大老の行動の底に沈むものが、いったいなんであるか。

これが、理解に苦しむ。

あるいは――。

仙姫は、忠朝の死までは両親の元で育てられている。

その後は、忠朝の実弟の庇護を受けた。

その間――。

父の忠朝への、酒井大老の仕打ちについて耳にしていた可能性はある。

すると、仙姫は大老に敵意を抱いている、ということになるのだが……。

考えれば考えるほど、勘兵衛の思考は空回りをして、混沌《こんとん》の海に沈んでいった。

（わからぬ……）

ただ、ひとつ明らかなのは、越後高田藩の領主である光長が、一昨年の一月に、一人息子であった綱賢《つなかた》を喪《うしな》ったことである。

すべては、ここからはじまっている。

光長は家康の曾孫にあたり、また二代将軍秀忠の外孫にもあたる。

そして、その血筋を誇りにしていた。

一方の酒井忠清もまた同様で、両者の間には益友《えきゆう》という関係がありそうだ。

つまりは、酒井は直明に仙姫を娶《めあわ》せたときには、さしたる他意はなかったが、途中で事情が変わった、というに過ぎないのではなかろうか。

結局のところ、大岡の真意はわからずじまいであったのだ。

さて、朝食を終えた勘兵衛に、

「旦那さま、きょうのご予定は」

若党の八次郎が尋ねてきた。

「いや。今のところ、特にはない」

というより、勘兵衛は一昨日に大目付の大岡に会って、目付を紹介してもらう手筈になっていた。

その返事がくれば、場合によっては、きょうにも出向く必要があった。

それで、ほかに予定を入れるわけにもいかないのである。

4

午後になって、訪問者があった。

取次にきた八次郎から客の名を聞いて、勘兵衛は、少し思いがけなかった。

「え、鷲尾《わしお》どのが……」

大岡からの使いを待っていたところに、やってきたのは火盗の与力であったからだ。

「すぐに、お通ししろ」

裏庭に面した座敷で、読んでいた書を手早く片づけた。

「突然ながら、お邪魔をいたす」

そう言いながら入ってきた鷲尾平四郎《へいしろう》は、二十代後半、相変わらず目つきが鋭い。

「これは、鷲尾どの。過日は、ありがとうございました」

赤児を拾ったのが縁で、事件にぶつかった勘兵衛が、麴町の火付盗賊改方、岡野成《なり》明《あき》の役宅を訪ねたのが、十日ばかり前である。

そのとき話を聞いてくれたのが、この鷲尾であった。

「礼には及ばぬ。というより、礼を言いたいのはこちらのほうでな。お頭《かしら》が、落合どの江戸屋敷に御礼に行かれたであろう」

「はい。そのことは、留守居役の松田から聞いてございます」

「うん」

言いながら鷲尾は部屋を見渡し、

「それにしても、おもしろいところに住まわれておる。俺は、てっきり、江戸屋敷におられるものと思っておったが、［冬瓜《とうがん》の次郎吉《じろきち》］に、ここを教えてもろうてな」

「はは……。いや屋敷詰めでは窮屈でございましてな。いささか、気ままをさせてもらっております」

「うらやましいかぎりじゃ。実はきょう、お頭が、神楽坂にある御目付の大岡清重《きよしげ》さまの御屋敷に呼ばれてな。俺は、その供で行ったのだが……」

ことばを切って、勘兵衛の顔を覗き込むようにした。

「ははあ、御目付さまのところに、でございますか」

さっそく大目付の大岡が、裏で動いたのだな、と勘兵衛にはわかったが、それは明かさぬほうがよいであろう。

「落合どのに、心当たりは、あられぬか」

「いや、お旗本が絡んだ事件ゆえ、ま、いろいろと動きはいたしましたが……」

お茶を濁しておいた。

すると、鷲尾は破顔して、

「やはり、そうであったか。いや、道道に、お頭が、きょうの御目付との会談は、大目付の大岡忠勝さま直じきのご指示で、会談には大目付さまも同席するのだと、言うておられた」

「…………」

そうか。そのような段取りになったのか、と勘兵衛は思った。

二日前の夜——。

大岡は、勘兵衛がたどり着いた事件の結末に、〈この年寄が出しゃばってみようか〉と言っていた。それを——。

(早くも、動かれたか)

となると、もう勘兵衛に出番はない。

御目付に、再び事の次第を説明せずともよい、ということだ。

「で、お頭が言うには、きょうの談合を仕組んだのは、貴公に相違あるまい、……とな。なにしろ、あの落合勘兵衛。わしとて、まともに口をきけない殿上人《てんじようびと》から、はては下賤《げせん》の者どもまで、いろいろに通じておる、摩訶《まか》不思議な若者じゃ、とな」

「そんな……。買いかぶりもいいところですよ」

「いやいや。謙遜することはない。ところで、俺がわざわざ、ここまで足を伸ばしたのは、ほかでもない。せっかく、お頭の供で神楽坂まで行ったに、残念ながら俺はお呼びじゃなかったようでな。それで、ひとつ教えてもらえぬか」

「なにを、お教えすればよいので……」

「知れたこと。大目付さまに御目付どの、それにお頭がくわわっての談合じゃ。いったい、どのようなことを話し合うておるのかのう」

鷲尾の鋭い目が、だんだんに光を強めてきた。

「さて、一向に……とは申しますまい。ある程度の見当なら」

「うむ。聞かせてくれい」

そのとき、八次郎が茶を運んできたが、二人の様子を察してか、そそくさと去った。

「ま、茶でも飲みながら」

勘兵衛が言うと、

「うむ」

鷲尾は言ったが、ただ、まっすぐに勘兵衛を見つめてくる。

「では、第一に、事の起こりは、大御番《おおごばん》組頭の、小笠原さまご家中《かちゅう》のごたごたでありますからな」

「うむ」

「先日もお話しいたしましたとおり、襲われたは、屋敷外に住まう側室のよしのに、その一子、七宝丸。そして小女のひろ。襲ったは、小笠原さま奥方の、実弟にあたる旗本家厄介《やっかい》の島田新之助と、その取り巻きの寅次というやくざ者。そして七宝丸は拙者に拾われ、ひろは深川の破《や》れ寺で殺されておりました」

「おっ！」

勘兵衛が、そこまで話したとき、にわかに鷲尾は右手を広げて突き出しながら、声をあげた。

「いや、俺としたことが……。ついつい博奕場を挙げることばかりに目が向いて、肝心のところを見失うところであったわ。そうか、新之助や寅次を捕らえたところで、それで解決というわけには、いかんわけだ。つまりは、よしのの行方じゃな」

「はい。そのとおりで」

「博奕や盗賊ならば、我らがお旗本の屋敷とて乗り込むこともできようが、いかんせん、小笠原家には手も足も出せぬ。そうか、それで御目付どののご登場ということか」

「さよう。それに、もうひとつ……」

「まだあるのか」

「はあ、第二には、それにて、小笠原家の奥方が捕らえられたとして、気の毒なのは、在番で京におられる小笠原さま、ご本人でございましょう」

「ふむ……。減知《げんち》か、下手をすれば改易になろうな」

「となると、せっかくに命拾いをしたというに、七宝丸にも不幸となりましょう。そこを、なんとかできぬものかと、お考えなのではございますまいか」

「ふふ……」

鷲尾は低く笑った。鋭い目つきが、柔らかくなっている。

「まるで、他人事《ひとごと》のように言うが、そのように持っていった張本人なのでござろう」

「なにを言われる。この拙者に、そのような力などございませぬ。ま、いろいろ動いておるうちに、なんとなく、自然にと申しましょうか」

事実、島田の家にも、できれば傷をつけずにすませたい、と言いだしたのは大目付の大岡のほうであった。

しかし、島田家のことまで、鷲尾に言うまでもなかろう、と勘兵衛は考えた。

鷲尾は小さく顎を引き、

「ま、よいわ。そういうことにしておこう。それにしてもおぬし……。うむ。なんと言おうかのう。慈悲の心と言おうか、怒りは水中の蟹《かに》にも移り、愛は屋上の烏《う》に及ぶ、とでも言おうか。いや、たいした御仁《ごじん》じゃ」

褒めちぎられて、勘兵衛はかえって気恥ずかしくなった。

「ところでな、落合どの。きょうお邪魔したは、それだけではない。あれから……、さよう、今月九日と十五日の二度にわたって、深川・島田屋敷の賭場開帳の様子を、つぶさに調べ上げた。で、いよいよ捕り物の日も決まったでな」

「ほう、いつでございますか」

「うむ。うっかり漏れても困るゆえ、まだ同心や、小者、付き人たちにも知らせておらぬが、明後日の十九日と決まった」

付き人とは、火盗の与力や同心が私的に放っている、いわば岡っ引きのようなものである。

「明後日、でございますか」

「うむ。四ツ（午後十時）の鐘を合図にな、一気に踏み込み、一網打尽にする。鼠一匹、取り逃がすものではない」

鷲尾は、張り切っている。

(十九日か……)

実は、一昨夜の勘兵衛留守中に松田からの使いがあって、十九日は殿さま国帰りの出立《しゅったつ》日であるから、勘兵衛も愛宕下の江戸屋敷へ、見送りにこいと命じられていた。

だが、それは朝一番のことであるから、夜中なら身体は空いている。

それで、勘兵衛は言った。

「ご迷惑を、おかけせぬようにいたしますから、遠巻きに見物をさせていただいて、よろしかろうか」

「ご随意に」

鷲尾は、快活に笑った。

5

鷲尾が戻っていったあと、小雨がぱらつきだした。

裏庭に植えられた八手《やつで》の葉が、小さく雨粒を弾き返している。

(ふむ)

もはや、御目付の屋敷に出かける必要はなさそうだ。

大目付のところから、そのことを知らせる使者がくるかもしれないが、きょうということはなかろう。

そう断じて、勘兵衛は立ち上がった。

袴もつけず、両刀を腰に帯び、塗笠片手に玄関へ向かうと、八次郎が飛び出してきた。

「旦那さま。お出かけで」

「うむ。傘と、それから念のため足駄《あしだ》を頼もう。私用の外出ゆえにな、供は遠慮してくれ」

足駄は、雨天時用の下駄である。

「ははあ……」

がっかりした顔になった八次郎に、

「そのかわりにな。明後日《あさって》は、おもしろいものを見せてやろう」

機先を制したついでに、飴玉をしゃぶらせた。

「はあ、明後日でございますか。その日はたしか、お殿さまの国帰りの見送りの日では……」

「いやいや、それが終わったのちのことだよ」

「はて。なんでございましょうか」

八次郎は、首を傾げた。

「それは、のちの楽しみだ。では、行ってまいるぞ」

勘兵衛は、うまくごまかしたつもりだったが、

「しかし、旦那さま。どのような急用があるともしれません。やはり、行き先を伺っておかねば」

八次郎が、食い下がってくる。

勘兵衛は苦笑した。

昨年の師走、勘兵衛は八次郎に行き先も告げず、二十日ばかり姿を隠したことがあった。

それ以前にも、同様な覚えがある。

二度あることは三度ある、ではないが、前科があることゆえ、八次郎の心がけも無理はあるまい。

それで、勘兵衛は言った。

「十日ほど前に、弟が訪ねてきたろう」

「はい。藤次郎さま……」

八次郎と同年の藤次郎は、大和郡山藩本藩の目付見習であった。

「そのときの藤次郎の姿形《なり》は、どうであった」

「はあ、帯刀もされず、まるで町人のような……」

「そうであろう。実は、これから弟に会いにいくのだが、おまえも察するとおり、弟は極秘の任務についておる。それゆえ、居場所を教えるわけにはいかんのだ」

「なるほど。いや、事情はわかりましてございますが……」

まだ、納得をしない。

まるで小舅《こじゅうと》のような奴だと、勘兵衛は再び苦笑して、

「では、こうしよう。弟と会ったのちに、俺は［瓜《うり》の仁助《にすけ》］のところへまわるつもりだ。なにか急用あれば、仁助のところへこい。それならよかろう」

「はあ、仁助のところ……たしか竪川《たてかわ》の……二ッ目之橋近くでございましたな」

「そう聞いておる」

［瓜の仁助］は、本庄（本所）を縄張りとする岡っ引きで、過日に殺された、ひろの事件を担当した。

だが勘兵衛も八次郎も、まだ居宅を訪ねたことはない。

「では、仁助のところにならば……」

言いさして、八次郎は口を閉じた。

ついていってもよいか、と言いかけて、さすがに、しつこすぎると思ったのだろう。

「ま、きょうのところは、おとなしく留守番をしておれ。なんだったら、松田町に剣の稽古にでも行ったらどうだ」

言うなり八次郎は、

「少しお待ちを……」

台所のほうにひっこみ、足駄と番傘を持ってきた、

まず足駄を玄関に揃えて置き、

「お早いお帰りを」

両手で番傘を奉じるようにしながら、八次郎は頭を下げた。

(やれやれ)

塗笠をかぶった上から、番傘を差し、片側長屋のどぶ板通りを歩きながら、勘兵衛は進んだ。

弟の藤次郎は、神田紺屋町《こんやちょう》にいる。

勘兵衛や八次郎がときどき通う、松田町の[高山道場]からは、ほんの近間のところであった。

神田白壁町に、大和郡山藩分藩のお抱え絵師が拝領して、今は空き家となった町並屋敷がある。

その屋敷は、勘兵衛の宿敵とも呼ぶべき山路亥之助が一時期、隠れ住んでいたところであった。

その屋敷に、近ごろ、五、六人の武士が住みはじめたという。

大和郡山藩分藩には、深津家老が組織した本多中務大輔政長を狙う暗殺集団があって、その根拠地は、大和郡山城下をはずれたところにある〈榧の屋形〉と呼ばれるところであった。

だが、昨年師走二十三日の深更、本藩側の目付や徒目付たちに急襲されて、壊滅した。

一方、分藩側では、その報復に出て、本藩目付の何人かを襲ったのち逃亡した。

弟によると、白壁町の町並屋敷に入ったのは、その連中で、次にはその屋敷で新たな暗殺集団が組織されつつあるのではないか、というのである。

そこで、かねて主君暗殺の阻止という密命を帯びている、本藩江戸家老である都筑《つづき》惣左衛門《そうざえもん》の側用人、日高信義《ひだかのぶよし》と弟の藤次郎が動きはじめた。

日高が大坂の商家の隠居、そして弟は隠居お付きの者に化け、しばらく腰を落ち着けての江戸見物、という触れ込みで、白壁町からほど近い紺屋町の町家を借りた。

そこを根城に、白壁町屋敷を見張り、動きを探ろうというのであった。

通いの飯炊き女もいるというから、訪問に注意を要するのは事実だが、勘兵衛が八次郎の供を拒んだのは、それだけではない。

いや、はっきりと、八次郎には知られてはならない秘密があった。

先にも少し触れたが、勘兵衛には、小夜という年上の愛人がいた。

田所町の［和田平《わだへい》］という料理屋の女将《おかみ》である。

そのことは八次郎に悟られてしまったが、まだ八次郎が知らぬことは、いくつかあった。

実は、その小夜は、日高信義が大坂時代に、妾に生ませた娘なのである。

そして、もうひとつ、小夜が［和田平］を使用人夫婦に預けて、そっと江戸から姿を消したのは、勘兵衛の子を腹に宿したため、ひそかに身を引いたからであった。

遅まきながら、小夜失踪の真の事情を知った勘兵衛が、日高信義に謝罪しようとしたとき――。

――あいや！

日高は、右の掌《てのひら》を開いて、勘兵衛を押しとどめた。

そして言った。

――そのことは、なにも言われるな。

――いや、しかし……。

――いや、なにとぞ、なにも言われるな。このとおり、お願いする。

次には、日高に頭まで下げられてしまった。

つまり、すべての事情を、日高は知っていたのだ。

その日高が――。

――ご多忙であろうが、ときどきは昔のように［和田平］で酒を酌み交わしたいと伝えてくれ。

との伝言を、弟の藤次郎に託してきた。

それに対して、勘兵衛は、

――近日にも、お訪ねいたしましょうとお伝えしてくれ。

と返事をしておいた。

それから多忙な日が続いていたが、ようやくぽっかりと身体が空いた。

（少し敷居は高いけれど……）

久しぶりに、日高にも会いたかった。

また、六月ごろ里帰りするつもりなのを、弟に伝えておきたかった。

小雨のなか、筋違御門がある八辻ヶ原から須田町に入ったころ、雨足が少し強くなった。

尻っからげで、手をかざしてやってくる職人らしいのが、商店の庇下に走り込んでいる。

(ふむ)

目前に〈萬歳餅《まんざい》〉で知られる［桔梗屋《ききょう》］があった。

(手土産でも買っていこう)

勘兵衛も、番傘をたたんで庇道に入った。

仁助の女房

1

買い物をすませたのち、新石町《しんこくちょう》、鍋町と両脇に大小の商店が連なる繁華な道を進んだ。

だが、雨はいよいよ激しくなって、いつもならそこかしこにいる飴売りや、腰掛け茶屋のお茶売りの姿がない。

（さて、弟に……）

勘兵衛は、里帰りについて、どのように話すべきか、と歩きながら考えている。

故郷では、勘兵衛の縁談が進展をみせていた。

相手は、親友である塩川七之丞の妹で園枝という。勘兵衛の、初恋の相手でもあった。

すでに両家の間では話が調《ととの》っているようだから、場合によっては、里帰り中に仮祝言、ということになるかもしれない。

しかし——。

小夜のことがあるから日高のいるところで、しゃあしゃあと、そんな話はしづらいのである。

大老と越後高田藩、それに越前福井藩が組んだ、若殿追い落としの謀略は、天佑とも呼ぶべき事態で、このところ動きを止めていた。

というのも、福井藩の家督騒動が、いよいよ激化してきて、藩主の松平昌親は追い詰められている。

一方、越後高田においては、最近に大火があって、国帰り中の松平光長は、江戸参府の一年延期の許しを得ていた。

謀略の立役者は、越後高田の家老である小栗美作だが、城下の復興のため、とても謀略を前に進めていく余裕などないはずだ。

そのような情勢を見るに、、、、上司の松田に言わせれば——。

——このように、ゆるゆるとできることは、この先に、いつまたくるともしれぬぞ。

ということになって、しきりに勘兵衛に里帰りを勧めた。

それで勘兵衛も、その気になっている。

鍛冶町が終わるところを左に曲がると、もう、日高や藤次郎が隠形《おんぎょう》して暮らす紺屋町一丁目であった。

まだ、これといった考えもまとまっていない勘兵衛だったが、

（なんの。出たとこ勝負じゃ）

そう、腹をくくった。

ぽつ、ぽつ、ぽつっと、できはじめた水溜まりに気をつけながら、東へ進む。

［日野屋］という釘鉄銅物《くぎてつどうもの》問屋は、すぐに見つかった。

そこから、東に一軒おいた仕舞《しも》た屋が、仮寓になっていると聞いた。

［日野屋］の店前を過ぎながら、勘兵衛は注意深く四囲に目を走らせた。

特に怪しい人影は見当たらない。

だが、仕舞た屋の腰高障子の内に、人の気配があった。

庇下で番傘をたたみ、雨滴を払ったのち、

「ごめん」

小さく声をかけ、軽く腰高障子を叩いたところ、すぐに開いた。

すぐ目前に、日高信義の顔があった。

いかにも、商家の隠居といった服装である。

勘兵衛は顔を見せるため、塗笠をぐいと上向けた。

「や！」

たちまちに、日高は満面の笑みになって、

「ささ、お入りやす」

身体を脇に移した。

「では、ごめん」

素早く入った。

上がり框までの土間が広い。

元が商店のせいであろう。

上がり框のところに藤次郎がいて、無言で頭を下げてくる。

その手に袖なし羽織があって、日高の手には手拭いがあった。袷の袖口や裾が濡れている。

日高が小声で言った。

「ちょうど、ようおました。哨務《しょうむ》のさいちゅうに、遣《や》らずの雨やろ。あわてて戻ってきたところですわ」

　哨務、とは見張りのことである。

　勘兵衛が確かめると、土間の片隅に女物らしい下駄がある。その先は、台所のようだ。

　上方《かみがた》弁のうえに、ことさらに日高がむずかしいことばを使うのは、通いの飯炊き女がきておるのだな、と勘兵衛は悟った。

「ほれ。挨拶は抜きや。藤次郎どん、早う案内《あない》をせんかいな」

「へえ」

　藤次郎までが、しっかり役どころになりきっている。

　よほどに、注意深く暮らしているようだ。

　藤次郎に案内されたのは、階段を上がって二階部屋が二つ並んでいる、表通りに面した部屋であった。

　手にした、日高のものらしい濡れた袖なし羽織を、衣紋掛けにかけたのち、藤次郎が言った。

「あいにく、座布団もございませんが、ま、お座りください」

　二人向き合って、畳に座った。

「つまらん手みやげだが……」

包みを置くと、

「ありがとうございます」

軽く頭を下げてくる。

「毎日、見張っておるのか」

小声で尋ねると、

「ここなら、台所まで声は届きませぬゆえ、お気遣いなく」

「おう、そうか」

「例の白壁町を、日高さまと……、それに江戸屋敷から清瀬《きよせ》もきて、三人が交替交替に……」

「おう、清瀬どのもか」

清瀬拓蔵《たくぞう》は、藤次郎の部下で長崎にも一緒に同行していた好青年である。

「それしても、苦労であろうな」

「はあ、人が出れば、あともつけますが、一向に、これといった成果もございませぬ」

と話しているところに、飯炊き女にでも準備させたか、日高が茶瓶をぶら下げてやってきた。

その茶瓶を、藤次郎に渡しながら日高は、

「よいか、勘兵衛どの。余計な挨拶は不要じゃぞ」

いの一番に、そう言った。

(そうか。小夜と俺のことを、弟には知られるな、と言いたいのだな)

日高は、ときには藤次郎を「和田平」に連れていっているようだが……。

そこには、すべてを知っている仁助《にすけ》とお秀《ひで》夫婦や、小夜の妹夫婦もいる。

その口にも、日高は蓋をしたようだ。

日高の厚情が、改めて胸に沁みる。

「承知いたしました」

言うと、大きく日高はうなずき、

「ちょいと次の間で、着替えをしてくる。風邪でも引いては、ことじゃでな。しばし、兄弟二人、つもる話もあるじゃろう」

言って、隣室に消えた。

仮寓ゆえに、部屋には調度らしいものもない。

藤次郎は、部屋の隅に置かれた行燈横の茶櫃《ちゃびつ》から湯呑みを三つ、茶櫃の蓋裏に載せてきて、二つに茶を注ぎ分けた。

注ぎながら言う。

「実は、きょう早朝のうちに、白壁町から旅支度の武士が二人出まして……」

「ほう」

「これはと思うて、高輪《たかなわ》あたりまで、あとをつけましたが……」

「ふむ」

「実は三日前に、殿が国帰りのため江戸を出ましたゆえ、あるいは、その道中に、なにか仕掛けるやもしれず、一応念のために都筑家老には、ご報告しておきましたが」

「おまえも、なにかと、気苦労だな」

暗殺団は以前にも、本多中務大輔政長の国帰り中の大名行列を襲撃する計画を立てたが、未遂に終わっている。

前回のときは、賊を捕らえた小田原城主で、老中の一人でもある稲葉正則が、胸ひとつに収めて表沙汰にはしていない。

しかし、再び同様のことが起これば、これは、はっきり敵対する本多出雲守政利に疑いがかかる。

それで、まさか、その愚を繰り返すとは思えなかった。

勘兵衛も藤次郎も知らぬことだが、藤次郎が高輪まであとをつけた二人は、大和郡山藩分藩の深津家老の命によって、若狭の小浜へ向かう者たちであった。

藤次郎が続けた。

「殿の国帰りで、当面は舞台も移りましたゆえ、そろそろ、ここを引き払うつもりでおりますが、二日前には出雲守が参府してまいりましたので、あとしばらく様子を見ようかということになっております」

この時期、参勤交代の大名行列の出入りで、江戸は賑賑しい。

「そうなのか。ふむ、引き払ったのちは、どうするのだ」

「はい。江戸屋敷のほうに戻ります」

「そうか」

言って勘兵衛は、ちらりと隣りに続く襖を見つめた。

そろそろ着替えも終わったろうに、日高が姿を現わさない。

気を利かせたつもりだろうか。

と思ったら、がらりと襖が開いて日高が姿を現わした。

「や、待たせたの」

向かい合った兄弟の横に、

「どっこいしょ」

胡座《あぐら》で座ったのちに、

「いや。いかん。つい、どっこいしょが出る。もう年じゃ」

屈託のない笑顔を見せた。

藤次郎が、日高に茶を注ぐのを横目に勘兵衛は、

「一別以来でございます」

頭を下げた。

「ふむ。五ヶ月ぶりかの。変わらずにお元気そうでなによりじゃ。それより、大坂ではおかよ夫婦が、いかい世話になったのう」

「いえ、あれは、たまたまのことで」

おかよは、小夜の妹である。

例の暗殺団に関わり、命を狙われていたのを、大和郡山藩本藩の目付衆と一緒に救い出して、清瀬らと、この江戸に連れてきたのが、昨年も師走のことであった。

「腹の子も、順調に育っておる。来月かそこらには、わしも孫の顔を見られそうじゃ」

そう。小夜だけではなく、おかよもまた身重であったのである。

「それは、まことに重畳《ちょうじょう》でございます」

言いながらも、勘兵衛は、まことに複雑な気分であった。

「それより、そろそろここを引き払う話は、藤次郎から、もう聞かれたかの」

「はい。ただいまに」

「そうか、ふむ……、さすれば、わしらも、ようように暇もできよう。どうじゃ、また。昔のように［和田平］に、つきおうてはくれぬか」

「こちらこそ、よろしくお願いいたします」

「そうか。いや、お秀夫婦も、おかよ夫婦もさぞ喜ぼう。では、落ち着いたところで、連絡を入れるからな」

「はい。ところで……」

勘兵衛は、大岡から聞いた、長崎抜け荷の幕府処断について、簡略に伝えた。

「そうか。やはりのう。残念なことじゃ」

日高が溜め息をついたのを潮に、

「では、お役目もございましょうほどに、拙者は早早に引き上げましょう。ご連絡を楽しみにしております」

結局のところ、縁談のことも、里帰りのことも切り出せなかったが、

（なに、まだふた月も先のことだ）

いくらでも機会はある、と勘兵衛は思った。

「では、日高さま、次はわたしが見張りに向かいますゆえ」

藤次郎が言った。

「おう、そうしてくれるか」

ということになり、兄弟二人で仕舞た屋を出ると、いつの間にか雨は上がっている。

「では、またな」

四つ辻のところで、右左に別れた。

2

東西に延延と築かれた火除けの石垣土堤《どて》に沿って、勘兵衛は東に向かった。

これから両国橋を渡って、本庄（本所）に入り、［瓜の仁助］を訪ねるつもりだ。

少し、確かめておきたいことがあった。

やがて両国東の広小路から、竪川《たてかわ》に出た。

その河口に架かる橋を、一ッ目之橋と呼ぶ。

川に沿って町家が続くが、ところどころは雑草が生え放題の空き地であった。

それだから、まだ町の名はない。

土地《ところ》のひとは〈一ッ目〉と呼ぶ。

町家の裏側が、本庄奉行所轄の広大な御竹蔵で、まだ開発途上にある本庄や深川の、普請のための資材置き場であった。

二ッ目之橋も過ぎたころ、ぽつんと大きな一軒家があって、腰高障子に瓜の絵が描かれている。

思わず勘兵衛は、にやりとして、

(ここのようだぞ)

と思った。

途中で買い求めてきた、一升入りの角樽《つのだる》と番傘を一緒にして左脇に抱えたまま、

「ごめん」

と声をかけたのち、腰高障子を開けた。

(これは、また……)

えらく広い土間があり、二間(三・六メートル)ばかりも先に、上がり框がある。

しかも、そこには行く手を塞ぐように、極彩色で竹に虎が描かれた、大きな衝立が

置かれていた。

（まるで、武家屋敷の玄関先のような……）

多少あきれながら、勘兵衛は再び、ごめん、と声をかけた。

すると、ややあって、衝立の横から女の顔が現われた。

まだ二十歳には、ならぬだろう。色白だが、気性の強そうな顔をしている。

「こちら、仁助親分の住まいであろうか」

すると――。

「だったら、どうしたい。ひとの家《うち》を訪ねるんなら、笠ぐらいは取りな」

ぽんと啖呵《たんか》が飛んできた。

「ああ、こりゃすまぬ」

苦笑しながら、空いた右手だけで塗笠を取り、

「わたしは、落合勘兵衛と申す者、親分はご在宅か」

言うと、女は、

「あらぁ」

と声をあげるなり、裸足《はだし》で土間へ飛び出してきて、

「どうにも、すまない。あなたさまが、落合さまでござんしたか。はいはい、亭主か

ら聞き及んでおりますよ。あたしゃ、仁助の女房で、よしといいますのさ。とんだ粗《そ》忽者《こつもの》でござんすが、以後、お見知りおきのほどを」

ぽんぽんと歯切れよく言いながら、しきりに腰を折った。

仁助に女房がいたとは知らなかったが、

「お内儀《ないぎ》……いや、姐《ねえ》さんと呼んだがいいのか……こちらこそ、よろしくお願いする」

「ま、とりあえず、お荷物を」

手を出してきたので、番傘を預け、

「ふむ。これは手みやげ替わりだ」

角樽も渡した。

「こりゃ、ありがたいこって」

ぺこんと頭を下げたと思ったら、次には衝立の奥に向かって、

「あんたぁ。ちょいと、あんたぁ」

大声を張り上げた。

すると、衝立の向こうから、

「相変わらず、うるせぇ女《あま》だぜ。なんでぇ、鼠でも出たかい」

ぶつぶつ男の声がして、やはり衝立の横から顔を覗かせた仁助が、

「おっ、落合の旦那」

びっくりした顔になって、

「いやあ、こんなところへ、よくお訪ねくださった。ま、ま、どうぞ、ずずいっと奥へ、こう、お上がりくださいな」

「もしや留守かと思うたが、訪ねてみてよかった。では、遠慮なく通させてもらうぞ」

「へい、どうぞ」

衝立を斜めに動かしはじめている仁助に、土間のおよしが、角樽を掲げながら、

「あんたぁ。これ、頂き物だよっ」

声をかけた。

「旦那、すまねえ」

仁助は、ぺこんと頭を下げて、

「およし。そいつは神棚に飾ってな。俺っちの酒でも出しな」

「あいよ。ええと、落合さま、熱燗、ぬる燗、どっちが好みかえ」

「ふむ。ぬる燗で頼もうか」

「あれぇ、強そうだねぇ」

およしが笑うと、奇妙な色香が広い土間に流れた。

3

両刀を、背の後ろに並べて置いて、勘兵衛が出された座布団に座ると、仁助が言った。

「この間から気になっていたんだが、旦那、以前と差料《さしりょう》が変わりやしたね」

仁助は、さすがに目ざとい。

「今年になってからだ」

「ふうん。そんなに長い刀は、ちょいと見たことがねえや。いやあ、先《せん》から、只者じゃあねえとはわかっちゃいたが、やっぱり、すげえもんだ」

大いに感心している仁助に、

「それより、えらく広い土間だなあ」

「へい、ときどきは、回向院付近で稼ぐ香具師《やし》たちを集めますんで、あれくれぇねぇと間に合いませんのさ」

仁助は二十二歳と若いが、香具師の小頭《こがしら》を務めていた。

「なるほど」

「で、きょうは、どんなご用で……」

仁助が、さっそく尋ねてきた。

「ほかでもない、先日の一件だ。せっかく親分には、いろいろ骨を折ってもらったのに、勝手に火盗に振ってしまったのを詫びにきたのだ」

「なに、詫びなんかはいらねえ。事情は六地蔵の親分さんから聞きましたぜ。寅次だけならともかく、旗本相手じゃ。悔しいが手は出せねえ。火盗を引っ張り出してくるなんざ、さすがに旦那だと感心したくれえでござんすよ」

「そう言ってもらえれば、気が楽なのだが」

「といって、決着がつくまでは、俺の事件《ヤマ》でござんすからね。寅次の野郎や、島田新之助からは、一刻だって目を離してはおりやせんよ」

「ほう。見張っておるのか」

「へい。万が一にも、ひょいと逃《フケ》げられたんじゃあ、泣くにも泣けねえ。辰蔵《たつぞう》だけじゃあ追っつかねえんで、香具師仲間十人ばかりで二六時中《にろくじちゅう》、見張っておりまさあ」

ついでながら、現代では四六時中というが、江戸時代は一日が十二刻のため、終日のことは二六時中と言うのだ。

「おう、そうなのか」

「へい。ところで、火盗のほうは、どんな案配か、ご存じでやすかい」

「おう、しっかり動いておるぞ。今月の九日と十五日の二度にわたって、賭場を開いている島田屋敷への人の出入りなど、つぶさに調べ上げたそうだ」

「へえ……」

　仁助は驚いたような声を出し、

「へい。賭場が立つ日は、新之助も夕刻までには屋敷に戻り、寅次も夕刻に島田屋敷に入ったと報らせを受けておりやすが……へえ、火盗のほうでも見張っておりやしたか」

「そう聞いておる」

「ふうむ。そいつぁ、まったく気づきやせんでした。よほどに、うまくやっているんでしょう。さすがというか、いや、大したもんでござんすねえ」

　しきりに感心した。

「まあ、場数を踏んだ者たちだからな。ところで親分、明後日《あさって》の夕刻だがな」

「へい」

「悪いが、時間を空けておいてもらえぬか。俺と八次郎の二人で、こちらにもう一度、お邪魔をしたいのだが」

「そりゃ大歓迎でござんすよ。へい、明後日の夕刻でござんすね。あれ……？」

仁助は首をひねったあと、

「明後日《あさって》というと、十九日……。その日は、島田屋敷に賭場が立つ日じゃござんせんか」

「うむ……」

勘兵衛は、小さく笑った。

五と九のつく日に、島田屋敷の中間部屋で盆蓙《ぼんござ》が開くのだ。

「するってぇと……」

「四ツ（午後十時）の鐘が合図で踏み込む。だがな、仁助。事前に漏れぬようにと、このことは、火盗の内でも頭《かしら》と与力しか、まだ知らぬ。ぎりぎりのところまで、おまえの内に収めておいてくれ」

「合点承知。ふうん、そうかあ。で、その夜、旦那がたは、どうしようっていうんで……」

「いや、なにもせぬよ。ちょいと遠見の見物をと思うてな」

「ハハ……。野次馬でござんすか。へい、では、あっしも、そいつに一口乗らせてもらいまさあ」

言ったのち、きらっと凄みのある目に変わり、

「ってえと、その夜で、［ひっこみ町の彦蔵《ひこぞう》］も、年貢の納め時でござんすね」

その彦蔵が賭場を実際に仕切る貸元《かしもと》であり、一方では、つねづね仁助と敵対する存在であった。

「ま、そういうことになろうな」

勘兵衛が答えたとき、

「お待たせだったたねえ」

声が聞こえて、銚釐《ちろり》と盃に嘗《な》め味噌を乗せた盆を、およしが運び入れてきた。

そのとき、小さく仁助がつぶやいた。

「やれ。前祝いだ」

4

次の日、勘兵衛と八次郎は、夕飯のあと愛宕下の江戸屋敷に向かった。

主君国帰りの出立時刻は、明日の六ツ半（午前七時）ごろと聞いていた。明け六ツ（午前六時）までは、町木戸が閉じられているので、あすに町宿を出たのではあまりにも余裕がない。

「おう、きたか。わしゃ明日《みょうにち》の準備に追われて、あまり、ゆっくりもできぬ。八郎太に部屋を準備させるほどに、しばし待て」

と、松田は言った。

「なにか、お手伝いできることはございますか」

「ない、ない。おまえ、殿の国帰りに立ち合うのは、これが初めてであろう。かえって、足手まといになるというもんじゃ。ただ、くつろいでおれ。そうじゃ。こりゃ、退屈しのぎにでも……」

言って、ごそごそ文机《ふづくえ》の下から取り出して寄こしたのは、一冊の書物だった。

「ありがたく、拝借いたします」

「む……。では、のちほどにな」

忙しげに、松田は執務部屋から消えた。

ぱらぱらとめくると、仮名草紙のようである。

（このようなものも、読まれるのか）

意外だった。

浅井了意《あさいりようい》著の『浮世物語』であったが、なぜか〈巻の二〉となっている。

拾い読みすると、瓢太郎《ひようたろう》というのが主人公らしく、さまざまな見分が、面白おかしく書かれているようだ。

そうこうするうちに、松田の若党の新高八郎太が現われた。

八次郎の兄である。

「落合さま。部屋の準備ができましたゆえ、ご案内いたします」

「そうですか。ご厄介をおかけする」

「は。八次郎めは、父の部屋におりますが、なにかご用がございましたら、いつでもお呼びください」

父親の新高陣八は、松田の用人であった。

今夜は、久しぶりに父子三人が、枕を並べることになっていた。

松田の役宅のうちに、あてがわれた一室は、昨年に大坂から戻ってきて、しばらく禁足処分を食らっていたのと、同じ部屋であった。

その座敷で、仮名草紙を読んでいると、

「開けるぞ」

声がして、伊波利三と塩川七之丞が一緒にやってきたので勘兵衛は驚いた。

「や。これは思いがけない」

「おうさ。御留守居さまから、勘兵衛がきているぞ、と聞いて、さっそく押しかけたんだ。というて、あまり長居はできんがな」

相変わらず端正な顔だちの、伊波が言う。

その横では、塩川が静かに笑っていた。

学問好きで、江戸に留学して、上野の〈弘文院《こうぶんいん》〉（昌平黌《しょうへいこう》の前身）で学んでいたほどの秀才であった。

「そうか。若殿さまも、いらしておられるのか」

「おう、仙姫さまも、ご一緒にな」

「そうか。仙姫さまも……」

勘兵衛は、つい先日に大目付の大岡から聞いた話を思い浮かべたが、今のところ、伊波たちに話すつもりはない。

ただ、上司の松田にだけは、近く耳に入れておこうと思っていた。

「いや、ここで二人に会えるとは、まさに望外の喜びだ。同じ江戸にいながら、なかなか会えないからなあ」

伊波は若殿の付家老、塩川は小姓組頭として、いろいろと問題を起こしがちな若殿から目を離せずにいる。

「まことになあ。それより、おまえからの文《ふみ》、たしかに受け取ったぞ」

二人に短い文を届けさせたのは、わずかに四日前のことだ。

伊波に替わり、塩川が言った。

「さっそくに、父に手紙を送ったぞ」

「おう、俺も送ったぞ」

と、これは伊波。

「なにしろ、こたびのことは、我が父が仲立ちということになっておるのだからな」

「え、そうなのか」

初耳であった。

「なんだ。言わなかったか」

「聞いておらぬ。が、なにかとご厄介をおかけしておるのだなあ。いや、ありがたいことだ」

伊波の父は、奏者番であった。

再び、塩川が言う。

「さぞ、妹も喜ぶことだろう。ところで勘兵衛、故郷に戻るは六月ごろとあったが、いったい、どのくらい向こうに滞在するつもりだ。肝心なところが抜けておるゆえ、俺は困ったぞ。向こうにも、準備というものがあるからのう」

「いや、そこまでは考えていなかった」

　勘兵衛が言うと、伊波がそれを引き取って、

「このとおり、あいかわらず七之丞は、石部金吉金兜《いしべきんきちかなかぶと》でなあ。なんの……、準備もへったくれもないわ」

「いや、そうはいかぬぞ」

「ほら、このとおり、かなわん金椀《かなわん》」

　と、すっかり少年時代の三人組に戻っている。

　だが、勘兵衛は、少し襟を正した気分になって、

「七之丞、いや塩川。おまえの言うことももっともだ。時日については、できるかぎり早く決め、改めて知らせるが、そうだなあ、松田さまのお許しが出ればの話だが、できれば、ひと月ほどは、ゆっくり滞在したいと思っている」

「おう、ひと月もあれば十分。どうとでもなろう。それで少し安心した。父上にも、そのように伝えておこう」

塩川が安堵したような、顔つきになった。

伊波が言う。

「よし、話がまとまったところで、そろそろ退散しようか。それより勘兵衛、多忙であろうが、ときどきは下屋敷に顔を見せろ。我らのほうから、出かける機会は、めったにないのだからな」

「わかった。そうしよう」

「じゃあな。邪魔をした」

伊波と塩川は去っていった。

5

翌朝──。

勘兵衛は、いつもより早く目をさました。

とにかく、屋敷全体がざわめいている。

顔でも洗おうと、前夜に八次郎が準備してくれた、手拭いと歯磨きのための房楊子《ふさようじ》を手に廊下に出た。

だが、真っ暗である。

(はて、今は、何刻《なんどき》だ?)

役宅裏手の台所あたりから、かすかに明かりがこぼれていて、人が立ち動く気配がした。

その明かりを頼りに進むと、台所からは飯が炊きあがった匂いがする。

役宅の飯炊きが、働いているようだが——。

ずいぶんと早い。

やはり、大名行列を出すため、きょうが特別なのだろう。

役宅裏手から出てみると、案の定、まだ外は、真っ暗であった。

きのうは、月の出は昼間で、五ツ(午後八時)前には月はなくなっていた。

それなので、月明かりもない。

だが、表では篝火《かがりび》を赤あかと灯して、人影が蠢《うごめ》いている。

そこへ、雪洞《ぼんぼり》手燭《てしょく》を手にして八次郎がやってきた。

「あ、旦那さま。お早いお目覚めで」

「おまえこそ」

眠そうな目をした八次郎が、

「はい、父にたたき起こされまして。あ、水なら私が……」

手燭を傍らに置いて、井戸水を汲んだ。

汲みながら言う。

「あとで朝食をお運びしますが、早めに食っておけとのことです。でないと、食いそびれるぞ、とのことで」

「わかった」

「それから、六ツ（午前六時）を過ぎたら適当に、御門外の青松寺門前あたりで、御行列のお見送りをせよ、とのことです」

「そうか。では、一緒にまいろう」

ということになって勘兵衛主従は、夜明けから小半刻ばかりたったころに、切手門から出て、表門の向かいにあたる、青松寺門前あたりで待った。

すでに六尺棒を持った中間《ちゆうげん》が何人か出て、交通の整理に備え、江戸勤番の家士たちが、桜川《さくらがわ》沿いに並びはじめている。

普段は江戸屋敷にいないため、勘兵衛には、知らぬ顔のほうが多かった。

やがて表門が、いっぱいに開いた。

周囲が、少しざわめいた。

大名家の格によって行列はさまざまだが、前駆け、前軍、中軍、後軍、荷駄《にだ》の、行軍《こうぐん》様式で編成される。

殿さまの駕籠《かご》は、中軍と後軍の間に置かれることが多い。

いよいよ表門から露払《つゆばら》いが出た。

先頭は二列に並んだ金紋先箱《きんもんさきばこ》で、後ろに毛槍の槍持ち、徒士《かち》に槍組と続く。

毛槍も槍も、天に向かって、まっすぐに立つ。実は、これが重要だ。

金紋先箱は名のとおり、黒漆《こくしつ》塗りの挟み箱に、家紋の〈丸に三葵《さんあおい》〉が、金泥《こんでい》塗りで描かれている。

そして槍には、黒羅紗《くろらしゃ》の穂袋が被せられていた。

その金紋と、槍を見れば、越前松平家の大野藩の行列だと、わかるようになっているのだ。

槍組のあとには、挟み箱持ち、合羽《かっぱ》駕籠持ち、弓組、矢櫃《やびつ》持ちと続いて、馬の口取りに馬を牽《ひ》かせた物頭《ものがしら》が率いる御供番《おともばん》が続く。

「こたびは、何人ほどの編成だ?」

勘兵衛の隣りにいた家士が、もう一人の家士に、小声で尋ねている。

「陪臣《またもの》も入れると、二百五十人を、少し越えた、と聞いたぞ」

「いや。物入りなことじゃのう」

「仕方があるまい。なんというても御親藩《しんぱん》だからな。それなりの御威勢は示さねばならぬ」

「それは、そうじゃが」

「お、御駕籠じゃ」

松平直良を乗せた駕籠は、黒漆塗りの網代《あじろ》駕籠で前後に三人ずつ、計六人の陸尺《ろくしゃく》によってかつがれ、前には家紋を背にした牽馬《ひきうま》に近習たち、駕籠の周囲には警護の馬廻りが配されていた。

かつて、故郷で御供番であった勘兵衛には、懐かしい顔も含まれている。

（本来なら……）

自分も、ああして大名行列の一員となったはずなのに、ついに一度も、その役を果たすことはなかった……。

それを思うと、複雑である。

大名の行列というのは、曲がるときに、決して斜めに近道をとってはならない。直角に、直角にと曲がるのである。

だから表門から出た駕籠も、勘兵衛のいる方向に、ずんずんと向かってきて、後ろを受け持つ陸尺が、道の中央部に達したところで前を受け持つ陸尺が斜めに進んで、駕籠の横面を見せた。

それを見計らって、屋敷外で見送る家士たちが、一斉に深ぶかと頭を下げた。

勘兵衛と八次郎も、それに倣《なら》った。

やがて駕籠も過ぎたか、家士たちが頭を上げた。

だが、まだまだ行列は、表門から繰り出されてくる。

また勘兵衛の隣りで、私語がはじまった。

「殿は、もう、お幾つになったかな」

「たしか、七十三であろう。いや、お元気であられるな」

「しかし、もう、お歳じゃ。御駕籠とはいえ、長旅は身にこたえよう」

「ふむ。いつまで、ご健勝であられようか」

それを聞きながら、勘兵衛も思う。

(代替わりの日も近かろう……)

それまで、勘兵衛も、なんとしても踏ん張らねばならぬが——。

(利三と七之丞も、そののちが正念場ぞ)

新たに領主となる松平直明に、再び愚行を繰り返させてはならぬのであった。

ようやく表門から殿《しんがり》の徒士が出た。

それを機に、見送りに並んだ家士たちが、ぞろぞろ屋敷内に戻るなか、表門の扉が静かに閉じられていく。

勘兵衛と藤次郎も、切手門から入った。

だが、屋敷内のざわめきは、まだ続いていた。

本邸玄関のほうにまわって確かめてみると、玄関先には、別の御駕籠が二つ、準備されつつある。

「なんでしょうね」

八次郎が聞いてくるのに、

「うむ。昨夜から、若殿と姫さまがおいでじゃ。間もなく、下屋敷へと戻られるのであろう」

「あ、なるほど」

松田の役宅へ戻って、昨夜に借りた仮名草紙を返しにいった。

松田は、さすがにくたびれた様子であった。

「お疲れのご様子ですね」

「おうさ。いささかの。あとは若殿を送り出せば、一段落じゃ。いやな……、おまえをわざわざ見送りにこさせたは、ほかでもない。まだ、ここだけの話じゃが、殿には、ここのところ体調が、今ひとつすぐれぬ……」

「まことで、ございますか」

「うむ。それが心配でならぬのじゃ。なにやら、近ごろ胸騒ぎがしてのう。わしまで、あまりよく眠れぬようになった」

「それは、ご心労でございましょうな」

「なに、わしの心配ならいらぬ。ま、殿にはご無事に旅立ちなされたゆえ、今宵からは、よく眠れよう。しかし、万一ということもあるからな。それで、おまえに見送りだけでもさせようと思うたのじゃ」

「それは……。いや、お気遣いのほど、いたみいります」

結局のところ、松田のこの予感は、当たらずといえども遠からず、という形で、のちに現われる。

勘兵衛は、この日、例の仙姫の一件を松田の耳に入れておこうか、とも考えていたのだが、松田の疲れを見て、日を改めることにした。

そこで――。

「近いうちに、ご機嫌伺い方がた、まいりますが、きょうは、これにてお暇《いとま》してよろしいでしょうか」

「そうか。いやひさびさに飯でも一緒に食おうか、と思っておったのだが、ふむ。なにやら予定がありそうじゃのう」

相変わらず、勘働きのきく老人であった。

「はい、近く、土産話を持ってまいりましょう」

「ふうむ、土産話な、例の拾うた赤児の一件じゃな」

「いや。そこまで見通されてしまえば……かないませんな」

思わず言うと、

「わしを誰じゃと思うておる。亀の甲より年の功、というものじゃ」

いつもの松田の軽口が出た。

深川永代《えいたい》寺櫓下《じやぐらした》

1

この日の夕、早めに夕食をとった勘兵衛が、羽織も袴もはずした軽装で、

「八次郎、そろそろ出かけようか」

と声をかけたのは、六ツ半（午後七時）を少し過ぎたころであった。

「はい。支度はできております」

いそいそと出てきた八次郎に、

「ふむ。その姿では、なんじゃな。おまえも着流しになれ」

「これでは、いけませぬか」

「いかんということはないが、ま、言うとおりにせよ」

捕り物見物に、堅苦しさは必要あるまい。

万一のときに、武家の姿で警戒されるより、浪人者と思わせたほうがよかろうか、といった意識も働いている。

「提灯《ちょうちん》は、いりましょうな」

羽織も袴もはずして、八次郎が聞いてくる。

「うん。まだ月も出ていないようだ。持って出たがよいな」

「はい。一応、準備はいたしております」

「では、まいろう」

夜のことなので、勘兵衛も塗笠はつけなかった。

二人並んで町宿を出たあと、町灯りを頼りに蔵前通りに向かっていると、

「おもしろいものを、見せてやる、と言われましたが、いったいなにを見物させていただけるのでしょうか」

八次郎が尋ねてきた。

「なんだと思う」

「焦《じ》らさないでくださいよ。聞きたいのを、せっかく、今まで堪《こら》えてきたんですから」

「それもそうだな。いや、先日に火盗改め与力の鷲尾さまが、こられたろう」

「はい。あのお方は、なんだかおっかなくて苦手でございますよ」

「なに、目つきは鋭いが、いい人だよ。その鷲尾さまに聞いたのだが、今宵、火盗改めの捕り物がある。それを見物しようと思うてな」

「えっ、ほんとうですか。いやあ、それは見物《みもの》だろうなあ。そうか。すると、いよいよというわけですか」

ようやく、八次郎にも察しがついたようだ。

先月に、勘兵衛が赤児を拾ったのがはじまりで――。

思いもかけない事件が、明るみに出てきた。

その事件に関して、浅草・花川戸にある［魚久《うおきゅう》］という料理屋で、［六地蔵の久助］や［瓜の仁助］と勘兵衛がやりとりするさまを、つぶさに聞いていた八次郎だし、その後には、勘兵衛が火付盗賊改方の役宅を訪ねるときに供もしている。

「あ、それで一昨日、旦那さまは二ッ目之橋の仁助のところに行かれたのですね」

八次郎の声は、それで腑に落ちた、というふうに弾《はず》んだ。

「捕り物は、四ツ（午後十時）の鐘を合図にはじまるそうだ。それまでは、仁助のところで時間待ちだ。火盗の邪魔になってはならんからな」

「承知いたしました」

「仁助には、およしという女房がいてな。これがなかなか、おもしろい女だ」

「へえ。女房がいるんですか。ええと……美人ですか」

「その目で確かめろ。なかなかに威勢がいいから、からかわれないようにしろよ」

「じゃあ、何か手みやげでも持っていったほうが、よくはありませぬか」

「いや。仁助には、手ぶらできてくれと念を押されたんでな」

などと話しながら歩いているうちに、もう浅草橋は目の前だった。

浅草橋を渡って浅草御門を出れば、その東は両国橋袂《たもと》の広小路である。

すっかり夜に入ったというのに、両国西の広小路は、まだ人混みに埋まって、露天出店の灯りで、きらめいていた。

だが、長さ九十六間（一七五㍍）の両国橋は、だんだんに闇のなかに消えていき、対岸の灯りが、ちらちらと瞬く。

まだ月は出なかった。

「提灯に火を入れましょう」

「そうしてくれ」

橋を渡れば仁助の家まで近いが、堅川《たてかわ》べりは寂しいところだ。

川風に吹かれながら、橋の半ばぐらいにきたときに、回向院から五ツ（午後八時）の鐘が鳴り響いてきた。

そのとき、ようやく西の空から月が出たようだ。

周囲に、ぼうっと光が満ちた。

2

両国東の広小路から竪川べりに出たあたりの〈一ッ目〉あたりは、回向院も近いから、料理屋や一膳めし屋などもあって、まだ賑やかなほうだ。

川べりには何カ所か船着場があって、一帯は材木河岸と呼ばれている。

本庄、深川開発の資材倉庫である御竹蔵の、資材を出入りさせる河岸であった。

だが、そこを過ぎると、とたんに寂しくなる。

そろそろ二ッ目之橋も近づいたころ——。

（お！）

走ってくる人影二つを認めた勘兵衛が、

「あれは、仁助ではないか」

「え」

火の入った提灯を手に、八次郎が立ち止まった。

「そうだ。うむ。まちがいはない」

言って、勘兵衛は足を速めた。

それを八次郎が追いかける。

人影は仁助と、その子分の辰蔵であった。

「どうした、親分。なにごとかあったか」

「へい。お着きが遅いんで、やきもきしていたところでさあ。実は、ちょいとおかしな具合でござんしてね」

仁助が早口で言う。

「どういうことだ」

「へい。見張らせておりやした寅次や、彦蔵とその用心棒に子分たちは、先刻、島田屋敷に入ったということですが、問題なのは、島田新之助で」

「うむ」

「永代寺近くに火の見櫓があるんでやすが、近ごろ、その付近に曖昧屋《あいまいや》ができましてね」

勘兵衛が首をひねると、すかさず八次郎が、

「ちょいと見には、茶屋かなんかに見せかけて、その実は、春をひさぐ女を置いているところですよ」

「なるほど。比丘尼《びくに》宿のような類《たぐい》か」

それを仁助が引き取って、

「ま、似たようなもんでさ。新之助は、そこにときどき通っていやがるんですが、実は、きのうの夕刻に入ったきり、まだ出てこねえんで」

「流連《いつづけ》というやつか」

「それ、それ。[升屋《ますや》]って、いうんですがね。ついさっき、[升屋]を見張っていた飴屋が、灯心売りと交替してから報らせにきたんだが、日暮れたのちも新之助は、まだ[升屋]から出てこねえって言うんでさあ」

話に出てくる飴屋も、灯心売りも、仁助配下の香具師なのであろう。

「それは、まずいな」

「で、やんしょう」

問題は、その事実を火盗の連中が、つかんでいるかどうかだが――。


「曖昧屋？」

（いかに、火盗の手配りが万全だとはいえ……）

昨夜から、関係者を見張り続ける、というところまではしないだろう。ましてや――。

旗本の子弟が、届けもなしに外泊するなどということは、まずあり得ない、という認識がある。

頭《かしら》が旗本である火盗ならば、なおさらだ。

そこに落とし穴が、あったのだ。

新之助は、ずっと屋敷内にいる、と信じ込んでいる可能性があった。

「四ツの鐘までに、新之助が屋敷に戻ればよいが、もし今夜も流連を決め込むつもりなら、これはまずい」

「どう、いたしやす」

「ふむ……」

勘兵衛はとっさに、決断した。

火盗が島田屋敷に、なだれ込むまでに、もう一刻（二時間）もない。

「親分、その［升屋］の場所を、詳しく教えてくれ」

「いえ、もちろん、ご案内しますぜ」

「いや。そうではない。この八次郎にな、わかるように教えてやってほしいのだ」

「えっ、わたしにですか……、そりゃまた、いったい、どういうことで……」

八次郎が、目をぱちぱちさせた。

「こういうことだ、八次郎。おまえは、これから、俺たちと一緒に島田屋敷へ向かう」

「それから……」

心なしか、怯《おび》えたような声を出す八次郎である。

「うん。島田屋敷がわかったならば、おまえには、屋敷の付近を行ったり来たりしてほしいのだ。その間に、我らは［升屋］へ向かうでな」

「そ、そんな……。そんなところを、うろちょろしたら、怪しまれるではございませんか」

「そうだ。大いに怪しまれてほしいのだ。そうそう、うろちょろするにあたっては、必ずや、火を入れたその提灯を手放すではないぞ。つまりは、顔を見せるのだ。さすれば、火盗の内には、おまえの顔を見知っている者もおろう。すると、おまえに接触してくる」

「そうなりましょうか」

「わからぬ。だが、やむを得んのだ。それしか手がない」

するとに仁助が膝を打って、

「いや、そりゃなかなかの段取りだ。おい、辰。おめえ、ひとっ走り、提灯の用意をしてこい。急げよ」

と仁助も打てば響くようだ。

「へい」

と辰蔵が駆けだしていくと、

「では、八次郎さん、これから［升屋］の場所を言うんで、ようっく聞いてくれ」

「承知した」

八次郎も、覚悟を決めたようだ。

「富岡八幡宮の、一の鳥居は、ご存じでやすかい」

「うむ。馬場道《ばばみち》であろう。先ほどの話で、だいたいの見当はついておる。一の鳥居から、ちょこっと東に行ったところの、角に建つ火の見櫓のことだろう」

「へえ。いや、よくご存じで」

「いや、子供のころのことだが、あの火の見櫓横の川に、よく鮒《ふな》を釣りにいったものだ」

「こりゃあ、頼もしいや。へい。今も、あの近辺の川の三ッ俣あたりは、よく鮒が釣れるそうで。で、［升屋］ってのは、あの火の見櫓下に流れる川の、一の鳥居に近いほうに入る横道の途中にあるんでさあ」

「ほう。昔は、草ぼうぼうの原っぱであったが」

「へい、さようで。今もほとんどが原っぱで、そこに［升屋］が、去年の秋くらいに建ったんでさあ。原っぱのなかに、ぽつんとあるんで、すぐにわかりまさあ」

「よし。あいわかった。まかせておけ」

八次郎が、頼もしくも言った。

そこへ、火の入った提灯を手に、仁助の子分の辰蔵が駆けてきた。

仁助が言う。

「なに、ようやく月も出やしたが、雲に隠れりゃ、心許《こころもと》ねえ。なにしろ鄙《ひな》びた野道のようなところもありやすんでね」

「うん。では、まいろうか」

勘兵衛が言い、

「へい」

と仁助が答える。

3

それから、ほんのしばらくたったころに――。

本庄二つ目の通りから、少し東に入ったところにある長慶寺の山門の、柱の裏に二人の男が隠れていた。

火盗改め方の密偵を務める手先の［冬瓜の次郎吉］の子分で、為五郎と善次郎の二人である。

今夜も、島田屋敷に出入りする者を、ひそかに見張っているのだが――。

西のほうから、足音が聞こえたのを早くも察知した為五郎が、わずかに身体をずらして、確かめた。

目の前を通過していったのは、提灯を提げた、若い浪人ふうの男であった。

（あれえ……）

どこかで見た顔だぞ、と思ったのである。

通り過ぎるのを待って、柱から出て、その後ろ姿を目で追った。

あるいは、賭場の用心棒か、とも思ったのだが、男は島田屋敷を通り過ぎていった。

為五郎が柱の裏に戻ると、

「どうだったい？」

同輩の善次郎が尋ねてくる。

「ちがった……。しかし……」

あの顔は、これまでにも、何度も見た顔だぞ、と考えはじめて、

（あ！）

かろうじて、声には出さなかったが――。

（ありゃあ、落合勘兵衛さまのところの……）

若党ではないか、と思ったのだが、自信はない。

さて、新高八次郎がたどる道の先、島田屋敷から一町ばかり離れた空き地では、丈なす草むらの陰に隠れて、［冬瓜の次郎吉］と手下の藤吉が身をひそめている。

二人は例によって、あたけ裏にある〈大日長屋〉を見張って、つい半刻（一時間）ほど前に長屋を出た寅次が、島田屋敷に入っていったのを確かめたのちに、ここに見張りの場所を移したのであった。

草陰から往来を見張っている次郎吉の目に、提灯の明かりが近づいてくるのが映った。

「…………」

息を殺したその目に――。

（あれ？）

八次郎さんではないか。

思わず次郎吉は、目を疑った。

次には――。

（はて）

八次郎は、ただ、すたすたと、過ぎていく。

次郎吉は小声で、

「藤吉、そこを動くな」

短く言って立ち上がり、往来に出る前に島田屋敷の方向を確かめたのち、素早い動きで八次郎のあとを追った。

「もし」

八次郎の後ろから、声をかける。

「む……」

振り返った八次郎は、確かめるように提灯を上げたのち、

「おう。次郎吉さんか。いや、会えてよかったぞ」

「しっ！」

制したのち次郎吉は、やはり小声で、

「とにかく、その提灯の火を消してくださいな」

と、言った。

「ふむ」

八次郎も小声で、ふっと提灯の火を吹き消した。

周囲は、月明かりだけになった。

「こちらへ。ま、とにかく、こちらへ」

次郎吉は、元の見張り場へ八次郎を連れ戻ると、

「おしゃがみ、くださいますか」

自らも、草むらに身を隠すと、八次郎も、それに倣《なら》って、

「おい。知っておるのか。あの旗本屋敷に、肝心の島田新之助がおらぬのを……」

つぶやくように言うのを聞いて、

（えっ！）

次郎吉は、心底、驚いた。

「まことで、ございますか」

「まことも、まこと。実はのう」

「いや。それでは……」

こんなところで、わけを聞いても、はじまらぬ、と次郎吉は判断した。

事は一大事、しかも、緊急を要する。

火付盗賊改方の捕手勢《とってぜい》は、二隊に分けて待機中である。

ひとつは西の長慶寺、もうひとつは南、小名木川沿いに建つ上行寺《じょうぎょうじ》、これより少しのちには高輪へと引っ越していく寺である。

「新高さま。とりあえず、俺と一緒に……、与力の江坂《えさか》さまのところへ、お連れしますので」

「わかった。連れていってくれ」

次郎吉は、

「藤吉、聞いてのとおりだ。新高さまと俺は、上行寺に行くからな。おまえは、ひとり、持ち場を離れず、しっかりと見張るんだ。頼んだぞ」

言って次郎吉は、

「さ、さ。こちらでございますよ」

やはり島田屋敷の方向を確かめたのち、八次郎を案内して、上行寺へ向かった。

4

深川の地というのは、一種の水郷である。

元もとが海辺の湿地帯であったのを、土を入れ、埋め立て、ならして縦横に水路を造った。

だから、独特の風情がある。

元は、佃島《つくだじま》漁師町の飛び地として、小屋を建て漁労をしていた漁民たちを、何カ所かに集めて集落を造らせ、網干し場なども造ったが、建物らしい建物といえば、あとは寺くらいなもので、ほとんどなにもない。

わずかに畑はあるのだが、潮風に当たって、たいした収穫はない。

あとは、草木が伸び放題の空き地と、海辺に石置き場があるくらいだ。

勘兵衛は、仁吉の案内で、左手に続く寺町を過ぎた。

そのあたりから、水路が複雑に入り組み、水路と原の間を通る荒れ道をたどった。

月が低いせいで、三人の影が行手に長く伸びている。

それを辰蔵の提灯が足下を照らすので、長い人影が、するで月下をのたうつ蛇のように見えた。

早足で進みながら、仁助が説明する。

「富岡八幡宮の門前あたりに並ぶ茶屋にも、参詣客と遊ぶ茶屋女を置くところがあるんでやすが、こいつぁ、夜には店を閉める。ところが、新しくできた［升屋］では、終日の営業で、泊まりもあるんでさあ」

「なるほど」

「しかも、新吉原みてぇに、追い出しの鐘もねぇ。だから、その気にさえなりゃあ、何日でも、女郎《おんな》とひとつ座敷で、こもりっきりってえこともできるようでござんすよ」

「新之助も、その口か。で、その［升屋］ってのは、やはり、彦蔵が仕切っているのかい」

「いえ、ま、冥加金《みようがきん》ぐらいは入れているようですがね。房州（安房《あわ》：千葉県南部）あたりから、漁師や船頭が、ここらに移り住んできた。そのなかから、頭角を現わしてきた升三《ますぞう》という男が、故郷から十五、六の娘っこを大勢連れてきて、開いたのが［升屋］だっていいやすぜ」

「…………」

勘兵衛の故郷の越前大野でも、凶作のときに、同じ年ごろの百姓娘が、三国湊《みくにみなと》の遊郭へ売られていく、と聞いたことがある。

「その［升屋］の抱えっ子のうちでも、こりゃ源氏名でしょうが、花蝶《はなちょう》というのが、容子《ようす》のいい女だそうで、新之助は、その馴染みだっていいやす。昨夜から、つきっきりのは、この花蝶ってえことで」

敵娼《あいかた》だけは、わかっているようだ。

いくつか土橋を渡るうちに――。

右手に、ぽつぽつと並ぶ侘びしい町並、左手は寺らしい細道を抜けた。

「へい。ここが馬場道で」

広びろとした道に出た。

そこを左に曲がって仁助が言う。

「あれが、一の鳥居で……」

「そうか。その先が火の見櫓だな」

どちらも、月光の下、黒ぐろと聳えるのが見えた。

櫓の高みで、ちらちら灯りが揺れるのは、当番の火の見番がいるせいだろう。

火の見櫓の先のほうで、ぼうっと明るい一帯が、富岡八幡宮の門前町であろうか。

先ほどから、しきりに、ひととすれ違う。

それも若い女が多い。

「通いの茶屋女たちでさあ。五ツ（午後八時）の鐘を潮に、茶屋遊びの客たちも引き上げはじめやすからね。今ごろは、店じまいの最中でしょうよ」

そろそろ五ツ半（午後九時）に近い時刻だろう。

のちには、一帯が大歓楽街と化して、深川芸者も登場するのだけれど、延宝《えんぽう》のこのころ――。

元もとは、海であったところを埋め立て造成した土地に、永代寺が創建されたのは、これより五十年ほど昔の、寛永《かんえい》元年（一六二四）のことである。

完成当時は、東に海と接する海ぎわの寺であったのだが、その東の海の埋め立ても、続いて幕府の手で進められていった、
そうしてできあがった土地、およそ六万坪を永代寺の寺領として、幕府は地子金《ちしきん》（住民税のようなもの）をとることにした。

それが寛永四年（一六二七）のことであるが、同時に、その新地に富岡八幡宮の創建がはじまった。

そして、三十数年後の寛文四年（一六六四）になって、ようやく、富岡八幡宮が一応の完成をみる。

その間には、富岡八幡宮や永代寺の門前町もできあがっていった、というわけだ。

勘兵衛たちが歩む馬場道は、その完成からわずかに十二年後——。

周囲は、まだまだ寂しい土地柄であったのだ。

『江戸名所図会』にも、富岡八幡宮の項には、〈この地に当社を創建すといへども、いまだ華構《かこう》の飾りにおよばず、ただ茅茨《ぼうし》の営みをなすのみ〉と記されている。

それはともかく、勘兵衛たちは一の鳥居をくぐった。

「おっ」

小さく仁助が声を出した。

「どうした」

「へい。見張りの灯心売りが、誰かと話しているようで」

半町ほど先に、二つの人影があった。

「ちょいと様子を見やしょう。辰、提灯の火を落とせ」

三人は、茅屋《ぼうおく》が続く物陰に身を寄せて待った。

人影は、男女のようだ。

どちらも年老いて見える。

男のほうが灯心売りとして……。

月明かりに馴れた目で見守っていると、男が女に、なにかを渡した。

女は頭を下げて、男から離れ、こちらへ向かってくる。

老婆であった。手にしているのは灯心の束だ。

疲れた足どりで、老婆は西のほうへ去った。

「行きやしょう」

仁助が言った。

「あ、小頭」

仁助に気づいた灯心売りは、六十に近い小柄な男であった。

「源吉《げんきち》父っつあん、苦労をかけるな」

と、仁助が声をかける。

「矢鱈縞《やたらしま》に茶袴《ちゃばかま》、茶の羽織ってえ侍は、まんだ、出てきませんぜ」

と源吉と呼ばれた老人は、北を確かめながら、そう言った。

源吉が立っているのは、火の見櫓より少し手前の、ちょうど掘留《ほりどめ》の角だった。

その堀川に沿って原っぱがあるが、その一画に、かなり大きな二階屋がある。

ところどころから明かりが、そして、わずかに弦歌《げんか》の響きが漏れている。

(あれらしい……)

矢鱈縞に茶色の羽織、袴、というのは、おそらく島田新之助が、昨夕に［升屋］に入った折の服装であろう。

交替交替で見張る香具師たちが、たとえ新之助の顔を知らずとも、その特徴を伝えあって、見張り続けているようだ。

「さっきの婆さんは、誰でぇ」

「へい。さっき［升屋］から出てきたんで、ちょいと声をかけたんでさあ。通いの飯炊きの婆さんとわかりやしたんで、ちいっとばかりつかませやしてね」

「なにか、わかったかい」

「へい。花蝶のいる座敷が……」

「父っつあん、そりゃ、でかした。で……」

「へい。二階の嵌《は》め障子に、ぽつぽつと灯りがござんしょう」

「おう」

「いちばん右の角座敷に、花蝶は入りっぱなし、ということですぜ」

新之助の居場所も、それで知れた。

「ついでに飯炊き婆から聞いたんだが、あの建物の左半分は、女郎たちの寄場《よせば》になっておりやしてね。客が入る座敷は、右半分ってぇことで、客が入ったら、寄場の女郎に呼び出しがかかるって寸法らしいですぜ」

「そりゃあ、よく聞き出してくれたな。ほかにはねえか」

「ありやすとも。今夜の泊まり客は三人、それと［升屋］の男衆ですが、五ツ（午後八時）を過ぎると、住み込みの五人だけになって、あとは亭主とその女房に、住み込みの手伝い女が二人、用心棒ってのはいないそうですぜ。ま、それくらいのもんで」

「いや、父っつあん、ありがたいぜ」

言いながら仁助は巾着を取り出し、一朱金を二枚、源吉に握らせ、

「父っつあん、ご苦労だったな。あとはまかせて、戻っていいぜ」

「へい。でも、こんなに沢山《たくさん》……」

「いいってことよ。商売の邪魔をしたうえに、さっきの婆さんにも握らせたんだろう。黙ってとっておきな」

「すまねえな。じゃ、ありがたく……」

源吉は、勘兵衛にも頭を下げたのち、帰っていった。

5

「さて、どうするね」

仁助が尋ねてくるのに、勘兵衛は答えた。

「新之助が泊まりと決めたなら、そう急ぐこともあるまい……とは思うが、飯炊きの婆さんが帰ったとなると……。［升屋］のほうはどうだろう。もう客もこまいからと、表戸を閉じられてしまったら、少しまずいぞ」

「それなら、しばらくは大丈夫ですぜ。というのも、門前の茶屋で、つい時間を忘れて過ごした遊客《ゆうかく》が、茶屋を追い出されたあと、帰るに帰れず、［升屋］の客になるってぇのが、昨夜も二人ほどいたそうで。昨夜の最後の報らせでは、［升屋］が表戸を下ろしたのは、四ツ（午後十時）の鐘のあとだった、ってことでしたぜ」

土地《ところ》や本庄ならいざ知らず、江戸の町町は四ツで木戸が閉まって通れない。泊まるほかは、ないのである。

さすがに仁助の調べは、行き届いている。

と思ったら、横から辰蔵が口を入れた。

「親分。あの……［升屋］なら、表戸を下ろしても、潜り戸のほうから入れるそうですぜ」

「お、そうなのか」

「へえ、あそこにゃ、仕事帰りの船頭たちも、夜中になってやってくるそうで、それで一晩じゅう、潜り戸は開いているんでさぁ」

「そりゃ、ほんとうかい」

「へい。潜り戸を開けると、ちりんちりんと鈴が鳴る仕掛けになっておりやす」

と、辰蔵。

「おい、辰。おめぇ、近ごろ、夜中に抜け出して、朝帰りをすることが、ときどきあるが、さては、あの［升屋］に、もぐりこんでいやがるな」

「あ、いや、そんなことは……」

辰蔵の周章《あわ》てぶりからみると、図星だったようだ。

仁助が、苦笑混じりに言う。

「ま、いいや。いざというときゃ、おめぇに先案内をしてもらおう。向こうも、おめぇの顔を覚えているだろうから、安心するだろうよ」

辰蔵は、しきりに頭を搔いている。

「そういうことなら、八次郎が火盗を連れてやってくるかどうか、今しばし、待ってみようか」

「そう、いたしやすかい」

言って、なにごとか考えていた仁吉だが、背中に隠した十手を引き抜くと、

「落合の旦那、もし火盗たちが押しかけてきたとして、火の見の番人が驚いて騒ぐかもしれねぇ。ちょいと、抑えてきまさあ」

「わかった」

仁助は、火の見櫓のある番所に向かった。

やがて——。

「話は、つけてきましたぜ」

と仁助が戻った、そのときであった。

ざっ、ざっ、と乱れた足音が、西の方角から聞こえてきた。

先ほど、勘兵衛たちが出てきた寺横の道から、人群れが湧き出て走ってくる。

先頭に立つ人影の手に、龕灯《がんどう》の灯りがあった。

「おっ！」

声だけを残して、仁助が、その方向に駆けだした。

それに続こうとした辰蔵を、勘兵衛は押しとどめて、

「仁助親分にまかせておけ」

言っているうちに、足音が止まった。

やはり、火盗の一団だったようだ。

急ぐあまりに、足音までは気がまわらなかったようだ。

夜間に走る、一団の足音に驚いて、茅屋の住人たちが騒ぐ危険性もあったのだ。

「や、落合どの。いや、もう仰天いたした。よくぞ、知らせてくれたのう」

息を切らせながら言ったのは、[冬瓜の次郎吉]を抱えている、江坂鶴次郎《つるじろう》という瘦身短軀《そうしんたんく》の火盗の与力であった。

ほかに同心らしいのが二人、小者や、次郎吉ほか捕手《とって》と思われるのが七人、総勢十人である。もちろん、ほかに八次郎の姿もあった。

「なに、急ぐことはありません」

勘兵衛は、短く状況を説明した。

「そうか。新之助がいる、座敷の位置までわかっておるなら、捕縛は楽だ」

与力の江坂が息巻いたが、勘兵衛は一団の装束《いでたち》を見て、ふと一抹の危惧を覚えた。

というのも――。

与力の江坂は着流しながら、帯の上に胴締めを巻き、着物の裾を爺端折《じんばしょ》りして、白木綿の襷《たすき》がけで、小者に槍を持たせている。

同心は半纏股引《はんてんももひき》に脚絆《きゃはん》を巻いて、やはり白襷、小手、臑当《すねあ》てもつけたうえに、鎖の入った鉢巻までしている。

捕手たちも、突き棒や刺叉《さすまた》といった得物《えもの》を手にしていた。

全員が草鞋《わらじ》がけだ。

「あの、江坂さま」

「うん」

「向かうは、女郎屋ゆえ、そのような装束《いでたち》で乗り込めば、きっと女らが、悲鳴を上げましょう」

「ふむ。いかにも……」

江坂は、夜目にも眉を曇らせて、

「というて……どうすればよいのじゃ」

「されば、まずは迅速が肝心かと……」

勘兵衛が作戦のほどを伝えて、しばらくの協議のあと、

「うむ。では、落合どのの言うとおりにしようが、できれば新之助は、生け捕りにし

たい」

「もちろんです。おまかせください」

と、いうことになった。

まずは、勘兵衛と仁助と辰蔵の三人で［升屋］に向かう。

火盗の一団は、勘兵衛たちが［升屋］に入ったのを見届けたのちに、殺到する、という作戦である。

［升屋］の表戸は閉じていなかった。

これなら、辰蔵に潜り戸を開かせる必要はない。

建物の割には狭い入口があり、灯りの入った軒行燈の下に長暖簾がかかっている。

暖簾の下から見える土間に、内部の灯りが届いていた。

勘兵衛たちは、掘川端で草履を脱いで裸足になったのち、ひとまとめにして、柳の木にぶら下げた。

あとから乗り込んでくる、火盗たちに蹴散らされてはかなわない。

「いくぞ」

と勘兵衛が口だけを動かし、仁助がうなずいた。

「よし！」

これだけは口に出して、真っ先に勘兵衛が暖簾を分けて中へ飛び込んだ。
そのまま、板の間に飛び上がり、目の前の階段を駆け上る。
そのあとに、仁助が続いた。
前もって辰蔵から、内部の配置を聞いていたから迷いはない。
階段を上りきったころに、階下から、なにか声がした。
ようやく帳場から顔を出した女郎屋の番頭と、辰蔵がやり合っているのであろう。
二階は、階段とは逆向きに、廊下が続く。
両側に座敷襖が続くが、目指すは、いちばん奥の右側の座敷だ。
いったん襖の前で止まって、勘兵衛は内部の気配を読んだ。
声もかけず、がらりと襖を開く。
派手な夜具の上で、あられもない姿の女を横抱きにして、男が酒を飲んでいた。
「島田新之助だな」
勘兵衛が決めつけると、
「無礼者！　何やつだ！」
男は手にした盃を、勘兵衛に向かって投げつけると、女を突き飛ばすようにして、
立ち上がろうとした。

女が甲高い悲鳴をあげる。

盃を躱《かわ》しながら、仁助を見ると、仁助がうなずいた。

新之助に、まちがいはない、ということだ。

新之助は布団に立ち上がったが、少しよろめいた。

よろめきながら、床の間の刀に手を伸ばそうとする。

だが、勘兵衛は余裕を持って、帯から抜き取った鉄扇で、新之助の首筋を打った。

声もなく、新之助が頽《くずお》れた。

手加減したのだが、気絶したようだ。

すかさず仁助が、腰の取縄《とりなわ》で、手早く新之助を高手小手《たかてこて》に縛り上げはじめた。

階下からは、

「火付盗賊改方である!」

与力の江坂の声が聞こえてきた。

新之助が暴れぬように、足首も縛って猿ぐつわまで噛まし、[升屋]の土間に転がしている。

それでも、新之助はさかんに藻掻《もが》いた。

小者の一人が、大八車《だいはちぐるま》を探しにいっている。

今宵の本陣となっている長慶寺まで、大八車に縛りつけて、新之助を運ぼうというのだ。

辰蔵が、柳の木から草履をとってきた。

勘兵衛は、足裏をはたいて草履をはいたのちに、

「あの、江坂さま」

「うん。世話にあいなった」

「いえ、そのことですが、火盗ではない者が召し捕ったとなれば、これは、いかにもまずい」

「そうでも、あるまい」

「いやいや。そういうわけには……。あくまで江坂さまの手で召し捕ったことにしていただきたい。ちと出しゃばりすぎた、と猛省をしております」

「ふむ……」

江坂は、少しばかり、小狡《こずる》そうな顔つきになり、

「それで、よいのか」

と言った。

「はい。ただ、こちらの仁助親分の協力があったということだけは……」

「もちろんじゃ」

やがて、大八車が届いて、それに新之助を縛りつけるころに――。

四ツ（午後十時）を報らせる鐘が鳴った。

「とうとう、見物をし損ないましたな」

勘兵衛が言うのに、仁助が答えた。

「いや、残念……。どうでやしょう。このあとは、我が家で夜っぴて残念会というのは」

「ふむ……、八次郎」

なにやら呆然とした様子の八次郎に、

「よう、やったな」

と誉めておいて、

「今のは、聞いておったか」

「はい。残念会……」

「うむ。どうする？」

「やりましょう。今宵は、なにやら、飲みたい気分で。それに腹も減りました」

「よし。じゃ、そうしよう」

それから三人、笑い合った。

勘兵衛が思うに、八次郎、よほどに心細かったようだ。

辰蔵も近づいてきて、

「親分……」

蚊の鳴くような声を出した。

「もちろん、おめえも一緒にだぜ。今夜の辰は、大いに役立った。ま、怪我の功名というやつだがな」

「そのことで……親分」

「なんでぇ。はっきりしねえやつだ」

「ほかでもねえ。この「升屋」のことだ。そのこと姐さんには言わねえでくださいよ。でないと、なにを言われるか」

「ちぇっ、俺より、およしがこわいってか」

「頼みますよ、親分」

「わかったよ。黙っててやらあ」

ようやく、辰蔵も笑った。

捨て子一件始末

1

仁助のところで朝食を馳走になって、帰途についたのは六ツ半（午前七時）ごろであった。

昨夜は、あれから［升屋］で捕らえた島田新之助を、火盗が本陣にしていた長慶寺まで運んだ。

着いたのは、おそらく四ツ半（午後十一時）ごろであったろう。

長慶寺の境内では、篝火が赫然《かくぜん》と火の粉を散らしており、人、人、人で、ごった返していた。

そこへ次つぎと縄目を打たれた者が、引き立てられてくる。

なかには、商家の主とも見える、高価そうな衣服の者もいたが、その顔は青ざめ、唇は震えていた。

賭博に加わった客たちも捕らえられたようだ。

――やあ、落合どの。

声をかけてきたのは、火盗与力の鷲尾平四郎であった。

――つい今し方、江坂から聞いた。お手柄だったそうじゃのう。

――いえ、拙者は、ちょいと見物に出かけてきただけでございますよ。

――ふふん。じゃ、そういうことにしておこう。江坂の面目も立つというものだ。

言って、鷲尾が笑った。

――それより、御首尾はいかがでございますか。

――上上じゃ。一網打尽、鼠一匹、逃しはしておらん。それより、お頭《かしら》にお会わせしようか。

庫裏《くり》近く、旗指物《はたさしもの》を傍らに、陣笠姿の岡野成明の肥満体が、床几にどっかと腰掛けているのが遠目に見えた。

――いや。それには及びません。ただの野次馬ですからな。

――ふふん。

鷲尾は、もう一度笑い、

――では。

小さく頭を下げて、消えた。

長慶寺に着くなり目の色を変えて、境内を走りまわっていた仁助と辰蔵が戻ってきた。

――どうだった？

――へい。寅次も彦蔵も、縄を打たれて青菜に塩ってぇ、ありさまで。

――では、これで一安心ということだ。

――へい。たしかに見届けやした。じゃあ、ここらでお暇《いとま》といたしましょうかい。

――そうしよう。ところで、ちょいと頼みがあるのだがな。

――なんで、がんしょう。

――うん。我が町宿に飯炊きの爺さんがいるんだが、俺や八次郎が朝まで戻らぬとなると、心配しようと思うんだが……。

「お安いことで。おい、辰蔵」

辰蔵が使いにいってくれることになった。

こうして、仁助宅での、嬉しい残念会は、深夜から朝まで続けられることになったのである。

仁助宅を辞した勘兵衛主従が、両国東の広小路までくると、朝も早いせいで、広場はがらんと静まりかえっていた。

両国橋の橋際に、小ぶりな卯《う》の垣根があって、白い蕾《つぼみ》が膨らんでいる。

その内に垢離場《こりば》へ降りる石段があって、男が一人、水垢離《みずごり》をとっていた。

神仏への祈願を前に、身を清めたのちに、回向院にでも詣でるつもりだろうか。

（なにを、祈願しようというのだろう）

ふと、勘兵衛は、そんなことを思った。

ひとそれぞれに、家族の心配、心の屈託、将来への願望、さまざまな都合を抱えて生きている。

勘兵衛は、たまたま赤児を拾ったために、その赤児の母である、よしの。そしてその小女であった、ひろと――。

そんな市井《しせい》に暮らしていた小さな家族に関わっただけではなく、よしのを囲っていた旗本の小笠原家、そして島田家にも関わってしまったことになる。

（はたして――）

よしのの消息は、得られるか。

そして、小笠原家や島田家の行く末は——。

そんなことにも、気持ちが及ぶのであった。

朝の両国橋を渡りながら、勘兵衛の横で八次郎が生《なま》あくびをして、

「旦那さま、戻りましたら、少し床に入っても、ようございましょうか」

と言った。

「ふむ。俺もそのつもりだが……」

それから八次郎を見て、

「おまえ、昨夜は、五、六杯の酒で、あとはずっと眠ってばかりいたではないか」

「あ、それは……。きのうの朝が、あまりに早起きだったためで……。え、旦那さまは、一睡もされずじまいで」

「うん。仁助と朝までつきあったよ」

「ははあ」

八次郎は、感心したような声を出した。

「ところで、今宵は［魚久《うおきゆう》］へ出向くつもりだ。六地蔵の親分さんに昨夜のことを、知らせておかねばならぬでな」

「あ、わたしは、もう酒はいりませぬ」

「でも、食いたくはあるのだろう」

「あ、はあ……」

大川を渡る川風が、酒に火照《ほて》った顔に心地よかった。

2

それから六日後の午後——。

勘兵衛は見舞いを兼ねて、江戸留守居役の松田の元に向かうことにした。

その途次、日本橋から近い十軒店《じゅっけんだな》の往来には、茅《かや》造りの小屋が幾つも出現していた。

これは、兜人形《かぶとにんぎょう》、菖蒲刀幟《あやめたちのぼり》の市といって、五月の節句に使われる、五月《さつき》人形を売っているのである。

この時期、町町には菖蒲刀幟売りが、さかんに行き来して、男児のある家には、この幟が立てられていた。

ちなみに、この時期、まだ鯉のぼりは、江戸に生まれていない。

「この市がはじまると、すぐ、うっとうしい季節になりますね」

と八次郎。

この日の空は薄曇りだが、すでに芒種《ぼうしゅ》の節気（稲などの種まき）も終わり、あとは梅雨入りを迎えるばかりとなっている。

久方ぶりに勘兵衛は、のんびりとした気分で往来の賑わいを楽しんでいる。

「な、八次郎。二日前のことだが、使いがきただろう」

「は。藤次郎さまのところの中間でしたね」

「うむ、実は、明日の宵、藤次郎たちと酒を酌み交わすことになってな」

「そうでございましたか。ははん、それゆえ、供はいらぬと、おっしゃりたいので。はい、はい。ご遠慮いたしますよ」

「ほう。近ごろ、どんどん聞きわけがよくなるな」

「訳さえわかれば、いいのでございます。ときおり、旦那さまが無茶をなさいますものので、それで、つい心配をするのです」

珍しく、八次郎が抗議めいた口調になった。

「そりゃ、すまぬな。では、前もって言うておくが、梅雨が上がったころに、俺は旅に出ようと思う」

「えっ。今度は、行き先を教えていただけましょうな」

「心配をするな。おまえも一緒だ」

「えっ、えっ」

八次郎が、ふためいたような声を出した。

「ちょいと、故郷に戻るつもりだ。旅支度の準備もあるだろうから、先に言うておく。しっかりと供をせよ」

「はっ、はい……。承ってございます。しかし……。いや、生まれてこの方、江戸を出るのは初めてのことゆえ……」

にわかに不安そうな声になる。

「俺がついておる。心配はいたすな」

「それでは、まるで、あべこべのようで……」

次は、泣き笑いみたいな声になっている。

そうこうするうち、愛宕下に着いた。

江戸屋敷内は、先日とは打ってかわった静寂さであった。

昨年に殿さまの参府に供をして、そのまま江戸に残っていた江戸勤番も引き上げたこの時期、屋敷内に残るのは、江戸詰の者たちばかりである。

八次郎は松田役宅の用人部屋に残し、勘兵衛が執務室へ向かうと――。

「おう、ようきた。ちょいと退屈をしておったところだ」

松田が、笑みを浮かべた。

「もう、お疲れはとれましたでしょうか」

「おう、元気なものよ。殿にはつつがなく、一昨日に由比宿《ゆいしゅく》の本陣に着かれたと、さきほど報らせがきたわ」

「それは、重畳でございます」

松田は主君の健康状態を憂慮していたようだが、やや肩の荷を下ろしたかに見えた。

「変わりばえもせぬものですが、道道に目につきましたもので……」

日本橋通り三丁目にあった菓子店で求めてきた包みを差し出した。

「すまぬな。ほう、甘いものらしい」

「はい。最中饅頭《もなかまんじゅう》と申すもので」

「ほう。あまり聞かぬ名じゃが」

「新規の発売と、引き札にありました」

「そうか。ふむ、近ごろは、だんだんに暑うなってきた。どうじゃ。奥の庭で風にでもあたりながら話さぬか。おまえ、奥の庭を見たことはなかろう」

「はい。しかし、そんなところへ入り込んでも、いいのですか」

「いいも悪いも、今は空き家同然じゃからな。うむ、そこへ茶を運ばせよう」

松田が手を打つと、隣室にいた手元役の平川武太夫《ひらかわぶだゆう》がやってきた。

相変わらず、蟹のような平べったい顔で、

「や。これは落合さま。過ぐる日は、いかい御世話に相成り申した」

これも変わらぬ律儀さで、頭を下げてくる。

「いえ、こちらこそ」

昨年の冬十月に、たまたま江戸にきていた大野藩士の永井鋭之進《ながいえいのしん》が、斬殺体で見つかった。

その遺体引き取りの折に、勘兵衛は平川と働いたことがあった。

[瓜の仁助]と知り合ったのも、その事件が縁であったのである。

「武太夫、すまぬが茶を頼みたい。我らは本邸の奥の庭の四阿《あずまや》に移るでの。そちらのほうへ運んでくれ」

茶を所望された平川が消えると、

「さ、まいろうか。最中饅頭を忘れるなよ」

と松田が言った。

勘兵衛は、松田のあとについて役宅を出、本邸の玄関から入り、式台を抜け、長廊下を進んだ。

「ここが御座《ござ》の間じゃ」

主君が客たちと会う部屋である。

この御座の間から、中奥へと入り、さらに奥へと向かう。いずれも勘兵衛が、一度も足を踏み入れたことのないところであった。

年老いた主君には、すでに夫人もなく、側室もいない。それで奥女中もおらず、ひっそり静まりかえっている。

その奥の庭は、小ぶりながらも泉水があり、池端には四阿があった。

池端には、菖蒲《あやめ》の花が美しく咲き誇っている。

主なきままに、手入れだけはされているようだ。

二人、四阿に入って腰を下ろした。

四阿の中央には置き台があって、菓子包みは、そこに置いた。

風がよく通って、心地よい。

ここなら、どんな話をしても、ひとの耳を憚ることはない。

松田が、なぜ勘兵衛を、ここへ連れてきたのかがわかるような気がした。

さっそく松田が、口を開いた。

「先日に言うた土産話とやらを、さっそくに聞かせにきてくれたのだろうが、ひと足、遅かったようじゃぞ」

「と、申しますと……」

「ふむ。きのうのうちに、岡野どののところの与力、江坂どのが使者にまいっての。例の博奕《ばくち》旗本の拿獲《だかく》の一件、礼とともに、すべて聞いたわ」

「や、後塵を拝しましたか」

「それどころか、まだ、おまえの知らぬであろうことも聞いたよ」

「はて……」

「島田新之助というたか、とんだ親不孝者が、えらくあっさりと泥を吐いたそうでな。それで公儀御目付の大岡さまというのが、新之助の姉が嫁いだ小笠原家へ乗り込んだそうだ」

「は、それは、まだ知りませなんだ」

「そうであろうが……」

なぜか、やや得意げな口ぶりで、松田が続けた。

「新之助がすべてを白状したと知って、姉のほうも観念したようだ。ほれ、おまえが拾うた赤児……たしか七宝丸だったたか、その母親の……ええと……」

「それ、それ。ふむ、哀れ、首を絞められて殺され、床下に埋められておったのを……」

「よしの、でございます」

「見つかりましたか」

予想していたとはいえ、改めて怒りを覚える。

「うむ。むごいことじゃ。それで悪事に荷担した、小笠原の家の若党や中間など、残らず捕縛されて、牢送りとなったそうな」

「そうですか。それで安堵いたしました」

「うむ。その七宝丸というのは、今、たしか［高砂屋］の小女であった……」

「はい。おたるというて、長次《ちょうじ》という指物師《さしものし》に嫁いでおりますが、そこへ預けております。こたびのことで、どのような沙汰が下るかはわかりませぬが、しばらくは、おたるの手で育ててもらわねば、なりますまい」

「そういうことに、なろうの」

そこへ、茶を運んでくる平川の姿が見えた。

二人は申し合わせたように、しばし庭を眺めた。

ピッピッピッ、と、四十雀《しじゅうから》らしい鳥の声が聞こえる。

3

置き台に茶道具一式を置いて、平川が姿を消すと、

「よし、よし、では、さっそく土産《みやげ》の菓子でも食らおうかの。おまえも一緒にどうじゃ」

「はい。お相伴《しょうばん》をいたしましょう」

勘兵衛は、茶を淹《い》れた。

包みを解いた松田が、

「ほ、これが最中饅頭か……、どれ」

さっそく、がぶりとやって、

「うまい。どこで求めた」

「はい。日本橋通り三丁目にある［吉川福安《よしかわふくあん》］という店でございます」

「通り三丁目の［吉川福安］か、覚えておこう」

言って、松田は茶をすすった。

「ところでな、勘兵衛」

「はい」

「こたびのこと、火盗が動いて捕縛するや、すかさず御目付が動いておる。ちと、鎖《つが》るのが早すぎはしないかのう」

「そうで、ございましょうか」

「とぼけるでは、ないわ。裏でおまえが動いたのだろうと、はっきりとは言わぬが、使者の江坂どのも匂わせておったぞ」

「いや。ご報告が遅れましたが、実は大目付の大岡さまに、お会いいたしました」

「やはりのう」

意を得たり、とばかり、松田は笑った。

「実は、ほかにも、松田さまのお耳に、入れておかねばならぬことが、多多、ございます」

「ふむ。なんであろうの」

先の長崎抜け荷の公儀仕置きの件、それに若君正室である仙姫のこともある。

「はい。短くもお話しできますが、ことの顚末《てんまつ》も、となれば、多少長い話になりますが」

「かまわぬよ。幸いというてはなんじゃが、きょうは暇を持てあましておる。詳しく、ゆっくりと聞かせてもらおうか。そうじゃ。今宵は一緒にな、夕飯を食おうぞ」

「はい。では、そのように……」

勘兵衛は、まず長崎仕置きのことから話を起こした。

公儀が下した仕置きの詳細を松田に伝えたあと、勘兵衛は、まず仙姫の実父が、誰であるかを話した。

それが、若狭一国の領主、酒井忠勝の嫡男であった、酒井忠朝だと聞いて松田は、

「なに、そりゃまことか」

首を傾げながら、続けた。

「わしゃ、仙姫は、忠朝公の、ご正室の妹ぎみの御子だと聞いておったのじゃが」

「たしかに、幕府にも、そのように届けられておりますようで……。しかしながら、実父は忠朝公ご本人だと、大目付さまは申します。しかも、仙姫さまの実の姉君が、この江戸におわすことまで明かされました」

「や、や、や」

これには松田も、大いに驚いたようだ。

「実は、このこと、大目付さまは、これまでご家族にも明かされず、自分の胸の奥にしまわれておられたとか。しかし、その秘奥を、墓場まで持っていってよいものかと

悩まれ、仙姫さまに、多少ともゆかりのあるやつがれに、かく打ち明けられて、ただ、その真《まこと》を如何にしようと勝手次第、と、言われましてな」

「ふうむ。なにやら子細がありそうな」

次には、松田は、興味津津という顔つきになった。

そして勘兵衛が、すべての話を終えたとき――。

「ううむ……」

松田は小さくうめいて、しばし考えをめぐらせていたようだが、

「だからと言うて、こりゃ、いかんともしがたいのう」

つぶやくように言ったのち、

「じゃが、ひとつ、ふたつ、腑に落ちた点がある」

「なんで、ございましょうか」

「ふむ。仙姫は、伊予松山の松平定長《さだなが》公の養女となったのち、若君に嫁がれたのだが、ご重役の内にも、この縁談に首を傾げた者が多多おった。というのも、元は大名の嫡男であったとはいえ、結局は廃嫡された忠朝公の、しかも御正室の妹の子など、どこの馬の骨ともわからんと言うのじゃ」

「ははあ……」

「若君もまた、そう感じられたようじゃ。ところが、一方の仙姫さまはというと、幼いながらに誇り高く、それゆえ、ご夫婦仲は、あまり睦まじゅうはなかった」

「………」

「つまりは、仙姫さまだけが、自分は若狭一国の大名の嫡男の、しかも若くして若年寄にまでなった、酒井忠朝の実の娘、と知っておったからであろう、ということじゃ」

「なるほど……」

これは、ずっと後年の話ではあるが、この仙姫は、自らが生んだ嫡男を溺愛するあまり、嫡男に嫁いできた正室をいびり出している。

数奇な運命の元に生まれ出て、父母の愛情にも恵まれなかった女の、息子に向ける尋常ではない愛情のいびつな種子は、すでに仙姫の内に育っていたものであろうか。

「それに、仙姫さまをご養女にされた定長公にも、ちと曰《いわ》くがあってのう」

「はて……どのような」

「ふむ。このことは、あまり公《おおやけ》にはなっておらぬが、なにしろ伊予松山の江戸屋敷が、お隣りじゃでな、いろいろ噂も耳に入ってくるのじゃ。すでに定長公は二年前に鬼籍《きせき》に入られて、当代はご親戚の今治《いまばり》から養子にとった……いやいや、そんなことは、どうでもよいか。つまりじゃ」

松田は手を伸ばしたが、すでに最中饅頭も茶も尽きていた。

こほん、としわぶいたのち、松田が言った。

「実は定長公には、兄の定盛《さだもり》さま、というのがおって、このお方が先先代にあたる、定頼公のご嫡男であったのだ」

「…………」

「ところが、この定頼公が三田の中屋敷において落馬して、そのまま危篤に陥ったのち死んでしもうた。そのどさくさに紛れて重臣どもが、病気がちであった嫡男の定盛を、無理にも廃嫡させて、将軍御前で弓の腕前を披露したほどの、次男の定長公を跡継ぎに据えた。ま、一種の御家騒動みたいなもので、こりゃ、大いに幕閣からも睨まれた」

「それは、そうでしょうなあ」

「ま、伊予松山藩の祖は、徳川家康公の甥のお血筋であるから、これといった咎《とが》めを受けずに、うやむやにされたのじゃがな」

「…………」

「ひるがえって、我が藩も、殿の婿養子で入った松平近栄さまに替えて、若君さまを世子としたことで幕閣に睨まれておった。そこで、わしゃ、酒井大老に誼《よしみ》を通じるべく動いて、若殿の婚儀を調えたつもりじゃったのだが、その大老が、まさかに仇《あだ》なすなどとは夢にも思わなんだ。しかし、今にして思えば……」

松田の感懐は、なんとなく勘兵衛にも通じた。

曰《いわ》くある少女を、曰くある大名の養女にして、曰くある越前大野の若君に嫁がせる……。

そのとき大老には、確たる意図はなかったにせよ、いかにも謀略好きの大老らしい、縁談の組み合わせではあった。

「ま、このことは、二人の胸に収めておこう。大老にまで及ばなかったとはいえ、長崎抜け荷の発覚で、大老も、しばしは慎重に動こうし、越後高田も、越前福井も、今は、それどころではない。また、若君ご夫妻の仲も、このところ、ずいぶんと和んできておる様子じゃからのう」

「はい、そこで松田さまに、お願いがございます」

「なんじゃ」

「はい、先日もお勧めくださった、私の縁談の件でございます」

「おう。ようやくその気になったか。ふむ、七宝丸の件も、そろそろ決着がつきそうだからな。で、いつ帰郷する」

「はい。間もなく梅雨に入りましょうほどに、梅雨明けごろには、と考えておりま
す」

「そうか、そうか。なに、勤めのことは忘れて、ゆっくりとしてこい」

「ありがとうございます。できれば、ひと月ほどは故郷に滞在したく思っております
ので、都合二ヶ月ほどの長暇《ながいとま》となりますが、お許しいただけましょうか」

「よし、許してやろう」

いつの間にか、庭には夕暮れの色が濃くなっている。

4

次の日の、日暮れも近くなったころ——。
勘兵衛は、およそ五ヶ月ぶりに田所町の［和田平］の前に立った。
日高や藤次郎との約束の刻限より、小半刻ばかり早くきたのである。
以前と変わらない。小ぶりな門構えに〈平〉の文字を白抜きにした紺の長暖簾《ながのれん》をく
ぐると、勘兵衛は静かな足どりで石畳を踏んで、引き戸を開けた。

夜の営業は暮れ六ツ（午後六時）を過ぎてからだから、なかはひっそりとしている。

と――。

「あっ」

という声がして、左手の帳場部屋から、女が飛び出してきた。

「かっ、勘兵衛さま……」

お秀であった。

「ああ、お秀さん。無沙汰をしたな」

「はい。あのう……。その節には、つい、つまらぬことを口走りまして……」

今にも、その目から涙があふれそうであった。

お秀は、ここの女将だった小夜から固く口止めされていたにもかかわらず、つい勘兵衛に、小夜が勘兵衛の子を宿して身を引いたことを漏らしてしまったのである。

その日を境に、勘兵衛は［和田平］に足を向けなくなった。

そのことを、お秀は悔やんでいるのだ。

「おい、泣くなよ、お秀。ほれ、おまえは、ここの女将ではないか。泣くと化粧がくずれよう。俺としてもな、なにも知らぬでは、いつまでも気がかりだけが残ろうというものだ。おまえから、小夜のことを教えられて、それで、かえってよかったのだ。

俺は、正直、そう思うておる。だから、泣くな。おい、泣くなよ」

「はい、はい。いえ、これは嬉し涙でございますよ」

泣き笑いの顔を上げたお秀は、次に、

「おまいさん。ちょっと、おまいさんったら！」

右奥の厨房に向けて呼ばわった。

すると、二人の男が、これまた玄関口に飛び出してきた。

一人は、お秀の亭主で、元は魚屋の仁助、もう一人は信吉《しんきち》であった。

信吉は、小夜の妹であるおかよの亭主で、大坂・順慶町《じゅんけまち》で［鶉寿司《うずらすし》］を営んでいたのを、勘兵衛がこの江戸に連れてきたのだ。

見たところ、二人仲良く［和田平］の料理人となっているようだ。

「やあ、仁助、元気そうではないか。それに、信吉さんも」

するとと仁助が、

「へい。あっしゃあ、もう、二度と勘兵衛さまとは会えねえものと思っておりやした。それを、きょう、勘兵衛さまがきなさると聞いて、朝から首を長くして待っておりやした。いや、こんなに……嬉しい……ことは……」

感きわまって、声を震わせている。

「仁助。もうなにも言うな。これを機に、ちょくちょく顔を出すからな」

「へい……へい。ありがとうござんす」

次には信吉が、

「その節には、えろう御世話になりました。おかげさまで、こうして、不自由なく暮らさせてもろてます。ほんまに、おおきに」

「いやいや、礼には及ばぬよ。おかよさんも変わりなかろうな」

「はい。腹ぼてやさかい、よう食います。来月あたりに生まれそうで」

「それは、なによりだ」

「ほなら、ちょいと呼んでまいりまっさかい」

「おい。無理をさせるでないぞ」

といっている間にも、奥へ向かってしまった。

その間に、ようやく涙を収めたお秀が言った。

「それでは、先に座敷のほうへ、ご案内しましょう」

「そうだな。どの座敷だ」

「はい。離れを用意しておりますが」

「ふむ……。離れ……な。女将、悪いが、できれば二階座敷に替えてはもらえぬかな」

離れには、小夜とのなまなましい記憶がありすぎて、かえってつらい。

初めて小夜と、情を通じた場所であった。

お秀も、なにやら察したか、

「ようございますとも。では、二階座敷にいたしましょう」

「すまぬな。身重のおかよさんがくるまでは、ここにいよう」

言いながら勘兵衛は、腰の大小を、お秀に預けた。

「あれ……重い……」

小さくつぶやいたが、そのまま帳場に入っていった。

廊下の先から、臨月に近い腹を抱えたおかよがやってくる。

勘兵衛は玄関を上がり、おかよのほうに自分から向かった。

「お達者そうで、なによりです」

「ありがとうおます。その節には、えらい御世話をおかけしまして……」

礼を述べたあとで、傍らの亭主に、

「あんたは、はよ、仕事にかかりなはれ」

追い出したあとに、小声で勘兵衛に言った。

「姉の行方は、まだ知れまへんけど、お預かりいたしましたもんは、必ず、姉に渡しますさかい」

「よろしく、お願いする」

勘兵衛は、いずれは生まれてくるはずの子への父の証しとして、脇差に書き付けを添えて、このおかよに預けていた。

そのことを、今もおかよは、亭主にすら秘密にしているようだ。

お秀に案内された二階座敷に、やがて茶が届き、それからややあって、日高と藤次郎がやってきた。

こうして、三人揃っての会食がはじまった。

「懐かしい。いや、懐かしいのう」

日高は、繰り返し、そう言う。

勘兵衛が日高に出会ったのは三年前、勘兵衛が江戸に出て、さほどたたないころであった。

浅草寺の歳の市を見物に出かけた折に、何者かが自分を尾行しているのに気づいたのである。

その尾行者こそ、日高信義であった。

そのころ勘兵衛は、故郷から罪を犯して逃亡した、山路亥之助を討て、と若殿から命じられ、山路が匿われているという、大和郡山藩分藩の江戸屋敷内部に、ひそかに探りを入れていた。

やはり分藩の動向を探る、本藩陪臣の日高は、松田から勘兵衛への合力《ごうりき》を頼まれて、接触を試みようとしていたのであった。

そして連れていかれたのが、この［和田平］である。

そこで勘兵衛は、思いがけない人物に会った。

それは、別所小十郎《べっしょこじゅうろう》といって、勘兵衛が、これは、と目をつけていた、分藩の藩士であった。

その別所に近づいて、亥之助の情報を得るべく勘兵衛は、別所が通っていた［高山道場］に入門したのである。

だが、その別所が、実は本藩の密偵だということを明かされた。

それ以来、松田と別所、そして勘兵衛の三人は、月に三度、この［和田平］に集まり、情報交換の場としていた時期があったのである。

やがて別所の江戸勤めが終わって、その会合はなくなったが、三人が常に使っていた座敷が、まさに、この座敷なのであった。

日高が、懐かしい、懐かしいを連発するのは、そのようなわけだ。

変わったことといえば、別所の代わりに藤次郎がいること、それに料理の味であった。

以前は京風であったのが、今は江戸の味に変わっている。

料理人が、元は魚屋だった仁助に代わったせいだろう。

料理と料理の間に、押し寿司が出た。

小夜から店を預かり、女将となったお秀が言う。

「近ごろは、信吉さんが作る、この雀寿司が評判で、ここの看板料理になっております」

すると藤次郎が言った。

「いや。信吉さんが作る寿司は、大和でも、大坂でも口にしましたが、江戸前の魚が、ちがうのでしょうな。いちだんと、旨《うも》うなったような気がいたします」

「そうですか。どれどれ」

勘兵衛は大坂まで出ながら、ついに信吉の寿司を食う機会には恵まれなかった。

「や、これは逸品ですな」

正直、想像を超えた美味であった。

それを、にこにこしながら日高が、

「ま、もう一献」

銚釐《ちろり》を上げる。

「や、これはかたじけない」

料理を食い、酒を酌み交わすうち、すでになんのわだかまりもないことを、勘兵衛はありがたいと思っていた。

「ところでの……」

心持ち、日高の口調が変わった。

「わしも、つい先ごろに知ったのじゃが、ほれ、半年ばかり前のこと、源三郎《げんざぶろう》を討ち取った折のことじゃ」

源三郎というのは、本藩の領主の命を狙う暗殺団の一人で、長崎に抜け荷で入った唐渡りの猛毒を、大坂で受け取り、暗殺団の本拠地である〈榧の屋形〉に持ち帰る途次を、本藩の目付衆が討ち取った。

「それで、芫青を奪ったのでしたな」

「いや、実は芫青のほかにも、密書のようなものがあったらしい。源三郎が、襟に縫いつけておったというのじゃ」

「ほう。どのような密書でございましょう」

「わしにも、そこまではわからぬ。ただな、その猛毒と、本多出雲とを結びつける、動かぬ証拠になるようなことが、書かれておるという」

「ははあ……。そのようなものが」

「さよう。で、我が主人が言うには、勘兵衛どのは、稲葉老中の信頼も篤《あつ》いと聞いた。そこで、その証拠の密書、幕府に提出したものかどうか、ご意見を伺ってみよ、とのことじゃ。どうであろうかのう」

日高が言う我が主人とは、大和郡山藩本藩の家老、都筑惣左衛門のことだ。

「はて……」

しばし勘兵衛は熟考した。

「せっかくの動かぬ証拠、もし稲葉さまにお渡ししたとしても、さて、どうなるものでもないように思えます。それより、必ずや好機が訪れましょうほどに、今しばらく厳重に保管されたがよい、と愚考いたしますが」

「あいわかった。そのように伝えよう。せっかくのところに、酒がまずうなるようなことを申してすまぬな。さ、さ、もう一献」

再び、酒を酌み交わす、和やかさが戻ってきた。

そのころ合いを見計らって――。

「藤次郎、実は近く帰郷するのだが、父母に伝えることがあれば聞いておくぞ」

「えっ、さようですか。いったい、いつごろに……」

「うむ。間もなく入梅するであろうから、梅雨明けのころに江戸を発とうと思うておる」

すると日高が、

「ははあ、いよいよ縁談もまとまりましたかな」

にこにこしながら言った。

すると藤次郎は、

「えっ！　縁談。そんなものがございますのか」

「おう、わしゃあ、勘兵衛どのの上司の江戸御留守居役から、早うに聞いておったよ」

「それは、また……。いや、兄上も水臭い。わたしはなにも知りませんでしたぞ」

それで勘兵衛も仕方なく、

「いや。すまぬ、すまぬ。まだ、はっきりとせぬうちは、と思うておったのだ」

「で、お相手は……」

「ふむ。ほれ、七之丞の妹君だ」
「え、するると、あの園枝さまで」
こうして［和田平］の夜は更けていった。

5

五月に入って、江戸の町は雨、また雨に、道のぬかるみが乾かない日が、続いている。

そんなさなか、父からの手紙が届いた。

先に、勘兵衛が出した手紙への返書である。

そこには、勘兵衛の帰郷を喜ぶ、父の感懐が綿綿と記され、塩川家にも江戸の七之丞から、さらには伊波家にも利三の手紙が届き、みんなが首を長くして待っておる。大野に到着する時日を、一日も早く知らせてくれと書かれていた。

また、母の手紙も添えられていた。

そこには、ときどき園枝が訪ねてきて、いつもおまえの話を、二人でしている、というようなことが記されていた。

そこで勘兵衛は、五月いっぱいで梅雨も明けるであろうと踏んで、六月一日は赤《しゃっ》口《こう》の凶日《きようじつ》なので、これを避け、六月二日を江戸出立の日と決めた。

それで順調に旅が進めば、六月十四日には故郷に着くはずであった。

そしてそのことを、さっそく父への文に書き、下屋敷にいる塩川と、伊波にも、今度は直接に出向いて伝えてきたのである。

そして、いよいよ五月も終わりに近づいた梅雨の晴れ間の日に――。

公儀大目付、大岡忠勝の側用人である向井作之進が、町宿に勘兵衛を訪ねてきた。

今度は座敷に上がった向井は――。

「例の小笠原家と、島田家への沙汰が決まったでな。落合どのにも報らせよ、と主人が仰せじゃ」

と言った。

「それは、わざわざ恐縮いたします」

さて、どのようになったのか――。

「まず、小笠原家の処置じゃ。奥方の儀は、その致しよう、重重不届きである、とのことで遠島、小笠原家用人を騙《かた》って、よしのを謀《たばか》って連れ出し、これを殺害したる若党の室田兵蔵《むろたへいぞう》は死罪、またこれに与《くみ》したる中間三人は、江戸追放ということになった」

「さようでございますか」

「で、京在番の小笠原久左衛門じゃが、家内の取締り不行き届きなりで、屹度叱り置《きっと》く、ということになって、京にて謹慎十日。まずはめでたく、御家は無事じゃ」

「それは、ようございました。大目付さまのおかげです。この勘兵衛、厚く礼を申していた、とお伝えください」

「おう、必ず伝えようぞ。で、京にて謹慎中の小笠原久左衛門からの伝言じゃ」

「は」

「七宝丸を救うてくれた礼をしたいが、しばらく京を離れるわけにはいかぬゆえ、江戸に戻るまで、お赦《ゆる》しあれ、とのことでござった」

「なに、礼など不要でございますよ」

「それでは、久左衛門の気もすむまいよ。それとは別にの」

「はい」

「世話をかけた、ふむ、とりわけ七宝丸を養育してくれておる、おたるであったか、本来ならば、我が屋敷の者が引き取りにまいるのが筋なれど、七宝丸を転転とさせるのが忍びぬ。われが江戸に帰着するまでの間、よろしく養育を頼みたい、ということで養育料を三十両、それから岡っ引きの久助と仁助という者たちへ、それぞれ十両の礼金を贈りたいとのことじゃ。これは、後日、小笠原の家の留守を預かっておる者が、それぞれに届けることになっているそうじゃ」

「それは、また、格別なご配慮、痛みいります」

実は先日に、雨中を「瓜の仁助」がやってきて、火盗のお頭から銀五枚の褒賞金《ほうしょうきん》が届けられたうえ、火盗与力である鷲尾からは手札をいただいた、と言ってきたばかりであった。

「で、島田のほうじゃがな」

「はい」

「実は、父親の島田権三郎に因果を含めてな。日付を以前に遡《さかのぼ》らせて、三男、新之助の儀、身持ちよろしからず、のゆえをもって絶縁、との届けを書かせた。それで勘当された息子だから、火盗のほうに始末をまかせて、目付は関わらぬことにした。それゆえ、島田家もまた安泰である」

「ははあ、しかし……。当の屋敷で賭博が開かれておった事実は、どうなりましょうか」

　その点が気になる。

「だからよ。そのあたりは、火盗の采配次第じゃ。賭博の元締めである彦蔵や、その子分や用心棒、そこに新之助を放り込んでの、まとめて死罪とすれば、島田屋敷で、そのようなことがあったことなど、なかったも同然……ということになるわ、な」

「ははあ、なるほど」

「捕らえた客どもは、しばらく火盗の牢に留め置き、さんざんに脅したうえで放免すれば、誰も火盗こわさに口を貝にしよう。それで一件落着だ」

「ふうむ……」

誰が描いた絵図かはわからぬが、権力とは、そのようなものであろうか、と勘兵衛は思った。

だが、八方は、それで丸く収まったようだ。

その新之助の父親である島田権三郎だが、こののち、一年ほどを過ごして、もはや御家も大丈夫と見極めたのちに、切腹をして果てている。

そのことで、息子の不始末の責任をとったようだ。

もちろん、公儀には病死として届けられ、嫡男が家督を相続して、父同様に、小十人組の組頭となった。

新之助の次兄は、他家に養子に入っていたが、おかげで巻き添えを免れたのであった。

ともあれ勘兵衛は、向井が帰っていったあと、妙にさばさばした気分になった。

そこへ八次郎がやってきて、

「旦那さま、六月二日の出立ならば、雨合羽などは必要ありますまいな」

「馬鹿をいえ、梅雨が明けたからというて、雨が降らぬとはかぎらんだろう。俺は持っておるが、おまえは準備しておらぬと、ひどい目にあうぞ」

「あ、やはり、そうでございますな。はい。これからひとっ走り、買うてまいります」

言って、引っ込んだ。

（これで、心おきなく故郷に戻れる……）

もはや、勘兵衛の心は、故郷の空にあった。

［余滴《おまけ》……本著に登場する主要地の現在地］

［若狭屋］九段北一丁目三番地付近
［島田屋敷］菊川一丁目六番地付近
［瓜の仁助居宅］緑一丁目一番地付近
［長慶寺］菊川一丁目二二番地に寺地を縮小して現存
［日野屋］鍛冶町一丁目四番地付近
［升屋］都営大江戸線門前仲町駅付近

［筆者註］

本稿の江戸地理に関しては、延宝七年［江戸方角安見図］（中央公論美術出版）および、御府内沿革図書の［江戸城下変遷絵図集］（原書房）、岸井良衛著の［江戸・町づくし稿］などによりました。

時代小説

二見時代小説文庫

月下《げっか》の蛇《へび》　無茶《むちゃ》の勘兵衛《かんべえ》日月録《じつげつろく》11

著者　浅黄《あさぎ》 斑《まだら》

発行所　株式会社 二見書房
東京都千代田区三崎町二-一八-一一
電話　〇三-三五一五-二三一一［営業］
〇三-三五一五-二三一三［編集］
振替　〇〇一七〇-四-二六三九

印刷　株式会社 堀内印刷所
製本　ナショナル製本協同組合

落丁・乱丁本はお取り替えいたします。
定価は、カバーに表示してあります。

ISBN978-4-576-11010-3
http://www.futami.co.jp/

惜別の蝶 無茶の勘兵衛日月録8
浅黄 斑［著］

越前大野藩を併呑せんと企む大老酒井忠清。事態を憂慮した老中稲葉正則と大目付大岡忠勝が動きだす。藩御耳役・勘兵衛の新たなる闘いが始まった……第8弾！

風雲の谺《こだま》 無茶の勘兵衛日月録9
浅黄 斑［著］

深化する越前大野藩への謀略。瞬時の油断も許されぬ状況下で、藩御耳役・落合勘兵衛が失踪した！ 正統派教養小説の旗手が着実な地歩を築く第9弾！

流転の影 無茶の勘兵衛日月録10
浅黄 斑［著］

大老酒井忠清への越前大野藩と大和郡山藩の協力密約が成立。勘兵衛は長刀「埋忠明寿」習熟の野稽古の途次、捨子を助けるが、これが事件の発端となって…

はぐれ同心 闇裁き 龍之助江戸草紙
喜安幸夫［著］

時の老中のおとし胤が北町奉行所の同心になった。女壺振りと島帰りを手下に型破りな手法と豪剣で、悪を裁く！ ワルも一目置く人情同心が巨悪に挑む新シリーズ

隠れ刃 はぐれ同心 闇裁き2
喜安幸夫［著］

町人には許されぬ仇討ちに人情同心の龍之助が助っ人。敵の武士は松平定信の家臣、尋常の勝負はできない。〝闇の仇討ち〟の秘策とは？ 大好評シリーズ第2弾

因果の棺桶 はぐれ同心 闇裁き3
喜安幸夫［著］

死期の近い老母が打った一世一代の大芝居が思わぬ魔手を引き寄せた。天下の松平を向こうにまわし龍之助の剣と知略が冴える！大好評シリーズ第3弾

剣客相談人 長屋の殿様 文史郎
森 詠［著］

若月丹波守清胤、三十二歳。故あって文史郎と名を変え、八丁堀の長屋で貧乏生活。生来の気品と剣の腕で、よろず揉め事相談人に！ 心暖まる新シリーズ！

水妖伝 御庭番宰領
大久保智弘［著］

信州弓月藩の元剣術指南役で無外流の達人鵜飼兵馬を狙う妖剣！ 連続する斬殺体と陰謀の真相は？ 時代小説大賞の本格派作家、渾身の書き下ろし

孤剣、闇を翔ける 御庭番宰領
大久保智弘［著］

時代小説大賞作家による好評「御庭番宰領」シリーズ、その波瀾万丈の先駆作品。無外流の達人鵜飼兵馬は公儀御庭番の宰領として信州への遠国御用に旅立つ。

吉原宵心中 御庭番宰領3
大久保智弘［著］

無外流の達人鵜飼兵馬は吉原田圃で十六歳の振袖新造・薄紅を助けた。異様な事件の発端となるとも知らずに……ますます快調の御庭番宰領シリーズ第3弾

秘花伝 御庭番宰領4
大久保智弘［著］

身許不明の武士の惨殺体と微笑した美女の死体。二つの事件が無外流の達人鵜飼兵馬を危地に誘う…。時代小説大賞作家が圧倒的な迫力で権力の悪を描き切った傑作！

無の剣 御庭番宰領5
大久保智弘［著］

時代は田沼意次から松平定信へ。鵜飼兵馬は有形から無形の自在剣へと、新境地に達しつつあった……時代小説の新しい地平に挑み、豊かな収穫を示す一作

奇策 神隠し 変化侍柳之介1
大谷羊太郎［著］

陰陽師の奇き血を受け継ぐ旗本六千石の長子柳之介は、巨悪を葬るべく上州路へ！ 江戸川乱歩賞受賞のトリックの奇才が放つ大どんでん返しの奇策とは？

人生の一椀 小料理のどか屋 人情帖1
倉阪鬼一郎［著］

もう武士に未練はない。一介の料理人として生きる。一椀、一膳が人のさだめを変えることもある。剣を包丁に持ち替えた市井の料理人の心意気、新シリーズ！

二見時代小説文庫

快刀乱麻 天下御免の信十郎1
幡大介［著］

二代将軍秀忠の世、秀吉の遺児にして加藤清正の猶子、波芝信十郎の必殺剣が擾乱の策謀を断つ！雄大な構想、痛快無比！火の国から凄い男が江戸にやってきた！

獅子奮迅 天下御免の信十郎2
幡大介［著］

将軍秀忠の「御免状」を懐に秀吉の遺児・信十郎は、越前宰相忠直が布陣する関ヶ原に向かった。雄大で痛快な展開に早くも話題沸騰 大型新人の第2弾！

刀光剣影 天下御免の信十郎3
幡大介［著］

玄界灘、御座船上の激闘。山形五十七万石崩壊を企む伊達忍軍との壮絶な戦い。名門出の素浪人剣士・波芝信十郎が天下大乱の策謀を阻む痛快無比の第3弾！

豪刀一閃 天下御免の信十郎4
幡大介［著］

三代将軍宣下のため上洛の途についた将軍父子の命を狙う策謀。信十郎は柳生十兵衛らとともに御所忍び八部衆の度重なる襲撃に、豪剣を以って立ち向かう！

神算鬼謀 天下御免の信十郎5
幡大介［著］

肥後で何かが起こっている。秀吉の遺児にして加藤清正の養子・波芝信十郎らは帰郷。驚天動地の大事件を企むイスパニアの宣教師に挑む！痛快無比の第5弾！

斬刃乱舞 天下御免の信十郎6
幡大介［著］

将軍の弟・忠長に与えられた徳川の〝聖地〟駿河を巡り、尾張、紀伊、将軍の乳母、天下の謀僧・南光坊天海ら徳川家の暗闘が始まった！血わき肉躍る第6弾！

空城騒然 天下御免の信十郎7
幡大介［著］

将軍上洛中の江戸城。将軍の弟・忠長抹殺を策す徳川家内の暗闘が激化。大御台お江与を助けるべく信十郎の妻にして服部半蔵三代目のキリが暗殺者に立ち向かう！